गुलज़ार

गुलज़ार एक मशहूर शायर हैं जो फ़िल्में बनाते हैं। गुलज़ार एक अप्रतिम फ़िल्मकार हैं जो कविताएँ, कहानियाँ लिखते हैं।

बिमल राय के सहायक निर्देशक के रूप में शुरू हुए। फ़िल्मों की दुनिया में उनकी कविताई इस तरह चली कि हर कोई गुनगुना उठा। एक 'गुलज़ार-टाइप' बन गया। अनूठे संवाद, अविस्मरणीय पटकथाएँ, आसपास की ज़िन्दगी के लम्हे उठाती मुग्धकारी फ़िल्में। 'परिचय', 'आँधी', 'मौसम, 'किनारा', 'ख़ुशबू', 'नमकीन', 'अंगूर', 'इजाज़त'—हर एक अपने में अलग।

1934 में दीना (अब पाकिस्तान) में जन्मे गुलज़ार ने रिश्ते और राजनीति—दोनों की बराबर परख की। उन्होंने 'माचिस' और 'हू-तू-तू' बनाई, 'सत्या' के लिए लिखा—'गोली मार भेजे में, भेजा शोर करता है...'

कई किताबें लिखीं। 'चौरस रात' और 'रावी पार' में कहानियाँ हैं तो 'गीली मिट्टी' एक उपन्यास। 'कुछ नज़्में', 'साइलेंसेस', 'पुखराज','चाँद पुखराज का', 'ऑटम मून', 'त्रिवेणी', 'पाजी नज़्में' वगैरह में कविताएँ हैं। बातों-मुलाक़ातों की किताब 'बोसकीयाना' भी है। बच्चों के मामले में बेहद गम्भीर। बहुलोकप्रिय गीतों के अलावा ढेरों प्यारी-प्यारी किताबें लिखीं जिनमें कई खंडों वाली 'बोसकी का पंचतंत्र' भी है। 'मेरा कुछ सामान' फ़िल्मी गीतों का पहला संग्रह था, 'छैंया-छैंया' दूसरा। 'खराशें' नाट्य-पुस्तक है। 'मीरा', 'ख़ुशबू', 'आँधी' और अन्य कई फ़िल्मों की पटकथाएँ लिखीं। 'मंज़रनामा' सीरीज़ में सभी के मंज़र प्रकाशित हैं। 'सनसेट प्वॉइंट', 'विसाल', 'वादा', 'बूढ़े पहाड़ों पर' या 'मरासिम' जैसे अल्बम हैं तो 'फ़िज़ा' और 'फ़िलहाल' भी। यह विकास-यात्रा का नया चरण है।

बाक़ी कामों के साथ-साथ 'मिर्ज़ा ग़ालिब' जैसा प्रामाणिक टी.वी. सीरियल बनाया, कई अलंकरण पाए। सफ़र इसी तरह जारी है। चिट्ठी का पता वही है—बोस्कियाना, पाली हिल, बान्द्रा, मुम्बई।

कमल नसीम

कमल नसीम साहित्य और अनुवाद की दुनिया का सुपरिचित नाम हैं। उनकी पहली पुस्तक 'ग्रीस पुराण कथाकोश' हिन्दी अकादमी, दिल्ली के 'सर्वश्रेष्ठ साहित्यिक कृति सम्मान' से सम्मानित हुई। 'ग्रीक नाट्य कलाकोश', 'उर्दू साहित्य कोश', 'बृहद साहित्य कोश' उनकी महत्त्वपूर्ण पुस्तकें हैं।

उन्होंने बच्चों के लिए कविताएँ भी लिखीं। 18वीं-19वीं सदी के सात प्रतिनिधि शायरों के कलाम 'सतरंग' और ज़ोहरा निगाह की शायरी का सम्पादित संस्करण 'शाम का पहला तारा' शीर्षक से प्रकाशित हुआ।

उन्होंने ग्रीक नाटककार सोफ़ोक्लीज़ के तीन नाटकों—'राजा ईडिपस', 'ईडिपस एट कोलोनस', और 'एंटीगनी' का अनुवाद किया।

लिबास

कहानी और मंज़रनामा

गुलज़ार

लिप्यन्तरण

कमल नसीम

राधाकृष्ण पेपरबैक्स

पहला पुस्तकालय संस्करण
राधाकृष्ण प्रकाशन प्राइवेट लिमिटेड द्वारा
2006 में प्रकाशित

राधाकृष्ण पेपरबैक्स में
पहला संस्करण : 2023

राधाकृष्ण पेपरबैक्स : उत्कृष्ट साहित्य के जनसुलभ संस्करण

राधाकृष्ण प्रकाशन प्राइवेट लिमिटेड
जी-17, जगतपुरी, दिल्ली-110 051
द्वारा प्रकाशित

शाखाएँ : अशोक राजपथ, साइंस कॉलेज के सामने, पटना-800 006
पहली मंज़िल, दरबारी बिल्डिंग, महात्मा गांधी मार्ग, प्रयागराज-211 001
1, अनमोल सोराबजी संतुक लेन, धोबी तलाव, मरीन लाइंस, मुम्बई-400 002

वेबसाइट : www.radhakrishnaprakashan.com
ई-मेल : info@radhakrishnaprakashan.com

विकास कंप्यूटर एंड प्रिंटर्स
ट्रॉनिका सिटी-201 102
द्वारा मुद्रित

मूल्य : ₹199

LIBAS
by Gulzar
Transcripted by Kamal Naseem

ISBN : 978-81-19092-64-2

लिबास

'लिबास' एक वाक़या है जहाँ स्क्रिप्ट पहले लिखी गई और कहानी बाद में। और उससे ज़्यादा दिलचस्प बात यह है कि तलाक़ का मंज़र पहले तख़लीक़ हुआ और शादी बाद में हुई और वह मंज़र भी फ़िल्म के इंटरवल पर आता है। यह कहना भी ग़लत न होगा कि तख़लीक़ की कोई तरती़ब नहीं होती। स्क्रिप्ट लिखते वक़्त बहुत-से मनाज़िर तरतीब में लिखे जाते हैं और बहुत-से बग़ैर तरतीब के जो कहानी का ख़ाका बनते-बनते जुड़ने लगते हैं।

स्क्रिप्ट तैयार होने के बाद फ़िल्म भी बन गई। 1986 में मुकम्मिल हो गई लेकिन आज तक रिलीज़ नहीं हुई। यह पहली फ़िल्म थी जिसमें मुझे अपनी कहानी पर ख़ुदएतमादी का एहसास हुआ और मुझे किसी बड़े नाम के सहारे की ज़रूरत नहीं महसूस हुई। 'लिबास' को अफ़साने की सूरत में बहुत साल बाद लिखा 'चाबी' के नाम से, जो बाद में 'सीमा' के नाम से भी शाया हुआ।

–**गुलज़ार**

1

रंग मन्दिर नाम का एक थिएटर, जिसका बाहरी हिस्सा, एक बड़ा-सा ब्लैकबोर्ड, जिस पर आज रात को खेले जानेवाले ड्रामे का नाम, और डायरेक्टर का नामा नुमायाँ था। उसका नाम था 'सुधीर'।

पास ही एक कैंटीन में मेज़-कुर्सियाँ लगी थीं जिन पर लड़के-लड़कियाँ बैठे थे। कुछ चाय पी रहे थे, कुछ गप्प हाँक रहे थे।

एक बूढ़ा आदमी...बढ़ी हुई दाढ़ी...एक मैली-सी चादर ओढ़े कैंटीन के अन्दर आए। ये बुज़ुर्ग कभी स्टेज के नामी कलाकार रह चुके थे। अब काम-वाम नहीं मिलता। उनका नाम जमाल था, लोग जमाल भाई के नाम से जानते थे।

जमाल भाई ने कैंटीन में बैठे एक लड़के से पूछा—

"क्यों मियाँ...कौन-सा ड्रामा चल रहा है ?"

" 'हयवदन'... !"

"हूँ... ! देखा बाहर ! पचास शो हो चुके हैं। ऐसे कौन अदाकार हैं इसमें कि..."

जमाल भाई के कुछ और कहते-कहते लड़के ने पूछा—

"चाय पिएँगे जमाल साहब... ?"

जमाल यह सुनकर मुस्कुरा पड़े और बोले—

''देखें...कैसी बनाते हैं...चाय ये लोग।''

दुकान का लड़का चाय लेकर जमाल साहब के पास आया। ख़ाली चाय देखकर जमाल ने कहा–

''क्या है भाई...ख़ाली पेट तो हम चाय पीते नहीं। वो दो, एक पैटीज़ इधर बढ़ा दो ना।''

चाय की चुस्की लेते हुए जमाल साहब ने कहा–

''हाँ तो भाई...कौन कर रहा है ये ड्रामा...? कोई नए ही लौंडे लगते हैं।''

पास बैठा दूसरा लड़का बोला–

''सुधीर तो काफ़ी पुराना है जमाल साहब।''

जमाल साहब ने तुरन्त ही पूछा–

''अरे भाई हमसे भी पुराना है क्या...? हम तो थिएटर की सनद हैं।''

''सनद क्या जमाल साहब...?''

''रसीद हैं...डॉक्यूमेंट्री हैं। Projector पे चढ़ा दो हमें तो स्क्रीन पे हिस्ट्री देख लो थिएटर की।''

यह सुनकर लड़के हँस दिए। जमाल साहब का एक अनोखा अन्दाज़ था बात करने का।

''हाँ तो सुधीर है ! और कौन है ?''

''सीमा...उसकी Wife है। ड्रामे में उनकी पत्नी का रोल कर रही हैं।''

''ओह...बोर नहीं हो जाते एक ही रोल करते-करते। घर में भी, बाहर भी !''

2

स्टेज पर 'हयवदन' नाटक का सीन हो रहा था, जिसमें सुधीर एक किरदार निभा रहा था।

3

सीमा मेकअप रूप में अपने कपड़े बदल रही थी। पास में एक लड़का खड़ा अपनी लाइनें याद कर रहा था। सीमा ने बुलाया–

''फ़ारूक़...क्या हो गया था तुम्हें ?''

सीमा ने फ़ारूक़ को छेड़ते हुए कहा–

''लाइन भूल गए थे ?...क्या हुआ था...?''

फ़ारूक़ ने सीमा की तरफ़ देखा और ग़ुस्से से बोला–

''भाभी, देख लूँगा एक दिन आपको, आप जान-बूझकर नर्वस करती हैं मुझे।''

सीमा ने बनते हुए पूछा–

''मैंने क्या किया था... ?''

''आपने मेरा हाथ क्यों नहीं छोड़ा ?''

''तुम छुड़ा लेते।''

''कैसे छुड़ा लेता... ? आपने तो ज़ोर से पकड़ लिया था।''

सीमा यह सुनकर हँस पड़ी और फ़ारूक़ को पुचकारते हुए बोली–

''आप तो बस चूँ-चूँ के पकौड़े हैं। रोमांटिक सीन करते हुए भी तुम्हें याद रहता है कि मैं तुम्हारी भाभी हूँ... ?''

''आपके मियाँ जी सामने रहते हैं सीन में ! कैसे भूल सकता हूँ।''

सीमा ने फ़ारूक़ की आँखों में देखते हुए कहा–

''अगर वो न हों सामने तो... ?''

तभी तालियों की आवाज़ सुनाई दी।

''देखा...इस सीन पर दादा ऐसी तालियाँ लेते हैं कि बस पूछो नहीं।''

दूसरे लम्हे सुधीर, जो सीमा का पति था, मेकअप रूम में आया और अपनी पत्नी से कहा—

''Very Good Seema ! कमाल improvise किया तुमने, वो जहाँ रूमाल निकालना था इसे...''

फ़ारूक को देखकर कहा—

''और घोंचू तुम्हें क्या हो गया था... ?''

''भाभी ने हाथ ही नहीं छोड़ा...मैं रूमाल निकालने लगा तो...''

सुधीर तुरन्त बोला—

''तो उसने तुम्हारी जेब से रूमाल निकाल के माथा पोंछ दिया तो क्या हुआ। क्यों भूलते हो वह तुम्हारी बीवी है।''

पास ही सीमा खड़ी थी, बोली—

''वही तो कह रही थी इससे, मुझे तो सुबह उठ के याद करना पड़ता है कि मेरे असली पति ये हैं और एक तुम हो ऐसे देवर कि कुर्सी से चिपककर बैठे हो जैसे...''

सुधीर बोल पड़ा।

''जैसे चीफ़ मिनिस्टर बैठते हैं, छोड़ते ही नहीं।''

सुधीर सीमा को प्ले की अगली कड़ी समझाने लगा।

''और हाँ सीमा एक बार फिर वही एक मूवमेंट रेवल्यूशन (इंक़लाब) के नाम पर मैं तुम्हारे तमाम ज़ेवरात निकलवा के ले गया था। मैंने तुम्हारी कमज़ोरी का फ़ायदा उठाया था, धोखा दिया तुम्हें, और अब जब तुम्हारे पति तुम्हारे ज़ेवरात वापस ले आए हैं मेरी असलियत तुम्हारे सामने खुल चुकी है। तुम...तुम अपने पति से ख़फ़ा हो, तुम्हारा ग़ुस्सा उन पर है, उनके अन्धे विश्वास पर है, क्यों इस

तरह मुझ पे विश्वास करते हैं वो, मैं कोई मन्दिर में रखी हुई मूर्ति हूँ जो...Why?...why does he take me for granted–why does he trust me like a Goddess...? and then you leave the stage."

स्टेज पर इंटरवल के बाद की घंटी बजी। सुधीर ने पुकारा–

"देवा...देवा कहाँ है ?...पहले उसकी एंट्री है।"

4

स्टेज का पर्दा खुला...'हयवदन' नाटक का वो मंज़र चल रहा था। जहाँ दोनों दोस्त एक दूसरे के लिए क़ुर्बानी देते हैं और मन्दिर में देवी के सामने अपना सर काट के भेंट कर देते हैं। नायिका को अपने पति की ज़हान्त तो पसन्द है मगर इश्क़ सेनापति से करती है। नायिका जब दोनों के कटे सर देखती है तो देवी से वरदान लेती है कि उन्हें ज़िन्दा कर दे। देवी वरदान देती है कि उनके सर जोड़ दो। नायिका दोनों के सर दोबारा जोड़ देती है, लेकिन उसके पति का सर सेनापति के बदन पर और सेनापति का सर पति के बदन पर लगा देती है। जान बूझ कर या ग़लती से ? इस सवाल पर परदा गिरता है और हाल तालियों से गूँज उठता है।

5

बम्बई शहर की एक बहुत ऊँची बिल्डिंग। एक बालकनी जिसमें खड़ा सुधीर ग़रारे कर रहा था। ग़रारे ख़त्म करके वो अन्दर लौट गया।

सीमा, सुधीर की पत्नी, कमरे से जम्हाई लेते हुए आई और सुधीर के पास आके बैठ गई। सुधीर अख़बार पढ़ने बैठ गया था।

सीमा ने लम्बी-सी अँगड़ाई लेते हुए कहा–

''सो...ये आठ शो भी पूरे हो गए।''

सुधीर ने बग़ैर देखे कहा–

''ग़रारे कर लो जा के।''

सीमा ने बग़ैर सुने दूसरी बात कही–

''अगले महीने की छुट्टी न... ?''

''गरम पानी रखा है बालकनी में जाकर ग़रारे कर लो।''

''ओ...हो, रोज़-रोज़ जी नहीं करता।''

''ग़रारे में जी मत लगाओ, इसका जी के साथ कोई ताल्लुक नहीं है। जी करे न करे, बस गए, ग़रारे लिए, है न... ? जाओ उठो।''

सीमा मुँह बनाते हुए बोली–

''मैंने हेडमास्टर से शादी कर ली।''

सीमा उठकर गई, फ़ोन की घंटी बजी। सुधीर ने जाकर फ़ोन उठाया।

''हलो...ओ हाँ...चाँद साहब ?... फ़रमाइए। जी हाँ जाग गई हैं, अभी बुलाता हूँ। सीमा...''

सीमा ने बालकनी से ही पूछा–

''कौन है... ?''

''चाँद साहब...''

''ओ हो...तारीफ़ करेंगे और क्या, मिसाल भी देते

हैं तो नलिनी जयवन्त से ! वो कोई...तुम सुनकर रख दो ना...कह दो, मैं गारगल्स कर रही हूँ। मुँह में पानी है। बात नहीं कर सकती।''

सुधीर कुछ सोच के फ़ोन पे कहने लगा–

''चाँद साहब...नलिनी जयवन्त गारगल्स कर रही है।''

फ़ौरन ही ग़लती को महसूस किया।

''धत् तेरे की...सॉरी चाँद साहब, सीमा गारगल्स कर रही है। मैं बाद में फ़ोन करवाता हूँ। जी हाँ...क्या नम्बर है ?''

सुधीर ने पेंसिल उठाई, और पास ही दीवार पर नम्बर लिखने लगा जहाँ पहले से ही बहुत सारे नम्बर लिखे हुए थे। वहीं पर सुधीर लिखने लगा।

''जी...उनासी हज़ार...79 हाँ, हाँ, तीन लाख 79 हज़ार...मतलब 379 चार सौ अठानवे...मतलब 498 यानी 379498। जी हाँ...वही तीन लाख 794 98 मैं फ़ोन करवाता हूँ। नम्बर ठीक है।''

फ़ोन रखते हुए सुधीर अपने आप से बोला–

''धत्...साला इतनी गिनती आती तो फ़ाइनेंस मिनिस्टर नहीं हो जाता।''

सीमा सुधीर के पास आ गई और पूछा–

''क्यों ? वही कहा न चाँद साहब ने...''

''अरे नहीं, फ़ोन करने को कहा है और नम्बर दिया है, कुछ हज़ार लाखों में है। यह भी कोई नम्बर होता है ?''

फिर फ़ोन बज उठा। सुधीर ने दरख़्वास्त की।

''अरे देखो न यार, फिर फ़ोन आ गया।''

सीमा ने फ़ोन उठाया।

''हलो...हाँ...एक मिनट।''

फ़ोन पर हाथ रखते हुए सीमा ने सुधीर को कहा ?

"पुष्पा है..."

"पुष्पा कौन... ?"

"जर्नलिस्ट। फ़्री प्रेस में लिखती है ना...इंटरव्यू लेना चाहती है।"

"किसका...?"

"तुम्हारा भई...तुम्हारी चाँद साहब है।"

"तो, इसका फ़ोन नम्बर मत लेना, ऐसे ही टाल दो।"

"क्यों... ?"

"मुझे नहीं देना कोई इंटरव्यू।"

"एक ख़राब रीव्यू आता है तो आसमान सिर पर उठा लेते हो। क्रिटिक्स (Critics) समझते नहीं। क्रिटिक्स अनपढ़ में, क्रिटिक्स थिएटर नहीं जानते, और जब मिलना चाहते हैं तो तुम्हारा भाव बढ़ जाता है।"

"देखो मुझे फ़ुरसत नहीं है, मुझे नए प्ले की तैयारी करनी है। मंगलवार से मैं रिहर्सल शुरू करना चाहता हूँ।"

सीमा अभी तक फ़ोन को होल्ड करके रखे हुए थी। ग़ुस्से में मुड़कर पुष्पा को कहने लगी–

"पुष्पा मंगलवार को दस बजे आ जाना...ओ के !"

सुधीर ने सीमा की तरफ़ देखा।

"ये क्या है ?...क्यों वक़्त दिया उसे ?"

सीमा सुधीर की बात सुने बग़ैर बेडरूम में चली गई।

सुधीर ने न्यूज़ पेपर एक तरफ़ रखा, उठकर किचन में चला गया। गैस जलाकर, उस पर पानी रखा...नल चू रहा था, जिसको बन्द करने

की कोशिश की, पर वह बन्द नहीं हुआ।

चाय का बरतन रखकर उसमें चीनी, चाय की पत्ती डालकर वह किचन से बेडरूम की तरफ़ गया।

6

बेडरूम में जब सुधीर पहुँचा तो सीमा बाथरूम में थी। बिस्तर पर सोफ़ॉक्लीज़ का प्ले 'ईडिपस' पड़ा था जिसे उठाकर सुधीर पढ़ने लगा। पढ़ते-पढ़ते *Acting* भी करने लगा। ज़मीन पर झुककर बैठ गया। तभी बाथरूम का दरवाज़ा खुला...सीमा ने सुधीर को सजदे में देखकर कहा—

"ओ गॉड, क्या हुआ... ?"

"The Queen is dead !"

"Queen Elizabeth...?"

सुधीर ने आँखें बन्द करके 'हाँ' में सिर हिलाया।

"रेडियो पे सुना...?"

सुधीर हँसने लगा। सीमा समझ गई कि वो प्ले की लाइन कह रहा था। सीमा किचन की तरफ़ गई और सुधीर नहाने चला गया।

7

कुछ देर बाद जब सीमा किचन में आई तो देखा गैस पर चाय का पानी जल के सूख चुका था। पतीली जलकर काली हो रही थी।

"ओ माँ...ये क्या... ?"

सीमा ने पतीली को गैस से उतारा, नल के नीचे रखा, और ग़ुस्से से बेडरूम में गई। बेडरूम के दरवाज़े पर ही सुधीर मिल गया जो तैयार हो के निकल रहा था। सीमा ने ग़ुस्से से पूछा–

"गैस तुम ऑन करके गए थे...?"

"हाँ...मैं तो भूल ही गया। चाय रखी थी उस पर... !"

"पतीली जलकर कोयला हो गई। चल के देखो ज़रा।"

सुधीर के हाथ में कंघी थी जिससे वह बालों को झाड़ रहा था। सुधीर ने कहा–

"I am sorry. लेकिन दुर्गा कहाँ है.... ? वो क्यों नहीं आई...?"

"तुझे क्या मालूम।"

"मतलब नाश्ता-वाश्ता भी कुछ..."

"अंडे नहीं हैं घर पे।"

"हाँ...वो मुर्ग़ी का भी तो नहीं आया...!"

"वो बहुत सुबह आ के चला जाता है।"

सुधीर किचन में आया और फ्रिज से ब्रेड की दो स्लाइस लीं और उस पर जमा हुआ मक्खन रगड़ने लगा। फिर पास में ही बहता हुआ नल देखकर सुधीर ने वहीं से सीमा को कहा–

"ये नल ठीक करवा देना...इसका वाशर ख़राब हो गया है।"

सीमा ने सुधीर को स्लाइस पर मक्खन रगड़ते देखकर कहा–

"क्या साबुन मल रहे हो स्लाइस पर ? गरम कर लो न...!"

"ओह...हूँ...क्या...स्लाइस या..."

मक्खन वहीं फ्रिज में रखकर, ब्रेड खाते हुए दरवाज़े पर आ गया।

"मैं चल रहा हूँ।"

"यूँ...खाते हुए लिफ़्ट से जाओगे...अच्छा लगेगा ?"

सुधीर ने कुछ सुना नहीं। खाते हुए घर से बाहर निकल गया। दरवाज़ा बन्द किया। सीमा किचन में आई...किचन में बिखरी हुई चीज़ों को ठीक करने लगी। नल जो बह रहा था उसको हाथ से बन्द करने की कोशिश करने लगी। बोर हो गई, नल से बहता हुआ पानी बन्द नहीं हुआ।

सीमा की समझ में कुछ नहीं आ रहा था, क्या करे ? पास पड़ी स्क्रिप्ट को पढ़ने की कोशिश करने लगी, पर उसका जी नहीं लगा, स्क्रिप्ट वहीं रख के पास के शीशे में अपने आपको देखने लगी। उसको ऐसा महसूस होने लगा जैसे वह कुछ मोटी हो गई है। वहीं खड़ी हो के योगा करने लगी।

बाहर हॉल में पड़ा फोन बज उठा, सीमा मटकते हुए हॉल में आई और फ़ोन उठाया।

"हलो...जी..."

कोई ग़लत फ़ोन आ गया था। सीमा मज़ाक के मूड में उससे बात करने लगी।

"किससे बात करना चाहते हैं आप ? मैं सुशीला तो नहीं—थोड़ी-सी कम हूँ। सिर्फ़ शीला कहते हैं मुझे !"

उधर से आदमी ने जवाब दिया, जिसके जवाब में सीमा ने कहा—

"लेकिन आप चाहते किसे हैं ? अच्छा, हमें बिलकुल नहीं चाहते।"

उस तरफ़ शायद आदमी ने गाली दी थी। सीमा ने हँस के फ़ोन कान से हटाया और ख़ुद ही बड़बड़ाई।

"तेरी भी माँ की..."

हँसते हुए सीमा ने फ़ोन रख दिया। दरवाज़े की घंटी बजी। सीमा ने अपने कपड़े ठीक किए और दरवाज़ा थोड़ा-सा खोला। सामनेवाले फ़्लैट का नौकर खड़ा था।

"बीबीजी वो...घीयाघिस चाहिए।"

"वो क्या होता है ?"

"घीया घिसने का..."

नौकर ने हाथ के इशारे से बताया घीयाघिस के बारे में।

"हमारे पास नहीं है।"

"हमारा है !...आपका नहीं। दुर्गा माँग के लाई थी, उस दिन।"

"तो ढूँढ़ ले, किचन ही में कहीं रखा होगा।"

मुंडू किचन में आया और खोजने लगा। तभी किचन के दरवाज़े पर खड़ी सीमा ने पूछा—

"मेम साहब कहाँ हैं...?"

"बाहर गई हैं।"

"तो घीयाघिस क्या करना है ?"

"घीया घिसना है।"

मुंडू खोज ही रहा था। सीमा ने दबे होठों से टेलीफ़ोन वाली गाली दोहराई।

"हरामी साली तेरी माँ की..."

"जी, कुछ कहा आपने...?"

"नहीं...कुछ नहीं..."

खोजते-खोजते घीयाघिस मिल गया।

"यह रहा...मिल गया।"

मुंडू जाने लगा। तभी सीमा ने उसे बेडरूम में आने को कहा।

"मुंडू इधर आ ऽ...."

बेडरूम के दरवाज़े पर आ के मुंडू खड़ा हो गया। सीमा ने मुंडू को अन्दर आने को कहा।

"अन्दर आ जा ना...वहाँ क्यों खड़ा है।"

मुंडू अन्दर आ गया...सीमा ने बीस रुपए निकालकर मुंडू को दिए।

"ये ले और जा के टी-शर्ट ले ले। कमीज़ देख तो कितनी जगह से फट गई है।"

सीमा ने मुंडू की कमीज़ छू कर देखी। सीमा की आँखों में वासना थी मुंडू को छूने में, जिसका एहसास मुंडू को भी हो गया। वह जल्दी से यहाँ से भाग जाना चाहता था।

"थैंक यू बीबी जी।"

जाते-जाते मुंडू से सीमा ने कहा—

"लाल रंग की लेना, वह तो आती है न आजकल नए डिज़ाइन वाली।"

"जी अच्छा..."

मुंडू तेज़ी से घर से बाहर चला गया। दरवाज़ा बन्द हुआ तभी फ़ोन की घंटी बजी। जैसे ही उठाया...फ़ोन की घंटी बजना बन्द हो गई।

कुछ सोचकर सीमा ने एक नम्बर मिलाया। और बात करनी शुरू की। दूसरी तरफ़ से हलो, हलो की आवाज़ आई। सीमा ने आवाज़ पहचान ली।

"फ़ारूक़...?"

"भाभी आप हैं ?"

"कैसे मालूम मैं हूँ...?"

"लीजिए आपकी आवाज़ नहीं पहचानूँगा मैं।

तीन-तीन घंटे आपके साथ डायलॉग बोल के भी।''

''वह कोई मेरी आवाज़ थोड़े ही होती है।''

''तो... ?''

''वो तो...बिमला बोल रही होती है।''

''अच्छा तो आपकी आवाज़ जो पहचानते हैं उन्हीं को फ़ोन देता हूँ।

यह सुनकर सीमा बेचैन हो गई।

''कौन...? कौन है...वो...?''

तभी सुधीर की आवाज़ आई जो फ़ारूक़ के ऑफ़िस में आया हुआ था उससे मिलने।

''हलो सीमा...''

''आहिस्ता बोलो ना...फ़ोन पे भी इतना चिल्ला के बोलते हो।''

सुधीर ने धीमी आवाज़ में कहा–

''हलो सीमा...''

''तुम्हें तो बस मुझ पे चिल्लाने की आदत हो गई है।''

''ओह...तुम अभी तक नाराज हो ! I am sorry. सुबह मैं जल्दी में था और मैं तो भूल ही गया सुबह क्या हुआ था।''

''तुम्हें भूलते कोई वक़्त थोड़े ही लगता है। कल मर जाऊँ तो परसों याद भी नहीं रहूँगी–कोई थी।''

''Come on Seema, now don't be sentimental.''

इतना सुना भी नहीं और सीमा ने फ़ोन रख दिया। सुधीर फ़ोन को देखने लगा। फिर फ़ारूक़ की तरफ़ देखकर कहा–

''यही मुश्किल है यार, औरतों से शादी नहीं करना चाहिए।''

''तो किससे करनी चाहिए...?''

"वही तो... *(हँसकर)* और कोई चारा भी नहीं।"

सुधीर खड़ा हुआ जाने के लिए।

"चलता हूँ...प्रहलाद के पास जाना है।"

सुधीर चला गया।

8

सुधीर फ़ारूक के ऑफ़िस से निकलकर जब कॉरिडार से जा रहा था। उसकी नज़र अपने एक पुराने दोस्त पर पड़ी जो तेज़ी से इसी ऑफ़िस के अन्दर जा रहा था।

"अरे...टी.के. ?"

वह दोस्त रुक गया। उसने सुधीर को देखा और पहचान गया। सुधीर ने खुश होकर पूछा–

"यहाँ क्या कर रहा है तू... ?"

दोनों ने हाथ मिलाया। गले मिले। टी.के. ने पूछा।

"तू यहाँ क्या कर रहा है... ? इस बिल्डिंग में तो कोई थिएटर नहीं है।"

"एक दोस्त के पास आया था, काम था, और तू ?"

"बिज़नेस यार, वही झींगा मच्छी, Tin food, Cold storage, कभी यहाँ कभी कोचीन।"

"कभी थिएटर की तरफ़ भी निकल आया कर, बरसों निकल जाते हैं मुलाक़ात ही नहीं होती।"

"पिछले बरस तो मिले थे–13th July, if You remember."

"ओह..."

सुधीर को आश्चर्य हुआ उसकी याददाश्त को लेकर।

“पानीपत की पहली लड़ाई कब हुई थी ?”

“1526... !”

“औरंगज़ेब कब मरा था ?”

“1707...!”

“राणा सांगा...?”

“1528...!”

सुधीर ने हँसते हुए टी.के. को थपथपाया और कहा—

“साला वही का वही जो स्कूल में था, तारीख़ नहीं भूलता कभी।”

टी.के. ने पूछा—

“आज़ादी कब मिली थी...?”

“मिली कहाँ...75 में शादी की थी जब से ग़ुलामी कर रहा हूँ।”

दोनों हँस पड़े। सुधीर ने पूछा।

“तूने शादी-वादी की कि नहीं... ?”

“दो मिनट चल न...सामने। एक चेक लेना है, फिर कहीं बैठकर कॉफ़ी पिएँगे।”

सुधीर ने अपनी घड़ी देखी लेकिन उसे खींचकर टी.के. अन्दर बिल्डिंग में दाख़िल हो गया।

9

बम्बई शहर की भीड़...

लोग ऑफ़िस छोड़कर, घरों की तरफ़ भाग रहे थे। लेकिन गाड़ी में लोग लटके हुए सफ़र कर रहे थे। वी.टी. स्टेशन की भीड़।

टैक्सी और बसों में भागते हुए लोग—हर किसी को जल्दी, कहीं पहुँचने की। इस

भीड़-भाड़ के शहर में कहीं ठहराव है तो वह जगह है पृथ्वी थिएटर पर, रंग मन्दिर पे जहाँ लोग इत्मीनान की साँस ले रहे थे।

10

रंग मन्दिर के बाहर का हिस्सा...काफ़ी लोग खड़े थे जो स्टेज से जुड़े थे। पास ही में सुधीर खड़ा था...दूर से जमाल साहब को जाते देखकर आदाब किया।

''आदाब जमाल साहब।''

''आदाब भाई, आदाब।''

पास में खुले रेस्टोरेंट में सुधीर अपने साथी कल्याण के पास बैठा था। जमाल साहब नशे में थे। सुधीर से कल्याण ने कहा–

''दादा सिगरेट पिलाओ न।''

सुधीर ने अपने कुरते की जेब से सिगरेट का पैकेट निकालकर कल्याण की तरफ़ बढ़ा दिया।

''क्या हुआ थिएटर का... ?''

''Booked already. मंगलवार से आप रिहर्सल शुरू कीजिए।''

''बहुत बड़ा चैलेंज है। 'आधे-अधूरे' का...दिशान्तर ने जो किया था उससे Better Production होना चाहिए।''

''अच्छा दादा एक बात बताइए, लगता नहीं कि हम लोग एक तरह की रम्मी खेलते हैं। दिशान्तर से पहले अल्काज़ी ने किया था। अल्काज़ी का प्ले गिरीश करने लगा। गिरीश का 'तुग़लक' कबीर ने किया, फिर कबीर ने किसी और का प्ले ले लिया

तो 'तुग़लक' दिशान्तर के पास चला गया...प्ले वही का वही। रम्मी में हर दफ़ा जैसे, होता है न, खेलनेवाले जगह बदल लेते हैं। ड्रामे वही के वही। गिने-चुने ड्रामे 'कोर्ट चालू आहे', 'सखाराम बाइंडर'...'पिगमेलियन', 'एनटीनी', कभी गोगोल, कभी बादल सरकार, कभी सार्त्र, कभी..."

छोटे-से क़द के दुबले-पतले मुकुल दा वहाँ आ पहुँचे और सुधीर को देखकर बोले–

"क्यों सुधीर, कौन-सा नया नाटक कर रहे हो भाई... ?"

"आधे-अधूरे' कर रहा हूँ मुकुल दा !"

"मोहन राकेश का ? कोई नया नाटक भी करो भाई, हमेशा वही के वही।"

"वही बात हो रही थी मुकुल दा। नए प्ले मिलते कहाँ हैं ?"

"अरे भाई तुममें पेशन्स (Patience) कहाँ है, नए नाटक ढूँढ़ने की ? तुम कहो तो हम देते हैं। नया नाटक, अभी लिखा है, बिलकुल Abstract और Symbolic जैसा कि पसन्द है तुम्हें...दो सतह पे चलता है यह नाटक।"

सुधीर समझ गया कि मुकुल दा पूरा नाटक सुनाकर बोर करेंगे। सुधीर उठकर जाने लगा। मुकुल दा उसके साथ खड़े हो गए, पर अपनी बात कहते रहे–

"Source of Light के तौर पर मैंने अपने उन पात्रों को माचिस की दो डिबियाँ दे रखी हैं। ये माचिस की डिबिया उनकी आत्माएँ हैं, जो कभी-कभी उनके अँधेरे जिस्मों में पीड़ा से जल उठती हैं।"

सुधीर मुकुल दा से पीछा छुड़ाना चाहता था। वह तेज़ी से चलते-चलते सड़क पर आ गया।

लेकिन मुकुल दा का बोलना चलता रहा।

"दूसरे हिस्से में मैंने...मतलब It's a typical juxtaposition of candid and hypocritical human behaviour."

11

सुधीर सड़क पार करके दूसरी तरफ़ तरफ़ आ गया। मुकुल दा भी पीछे-पीछे चलते रहे, और अपने लिखे नाटक को सुनाते रहे।

"तुम समझ रहे हो न सुधीर...Here is the social attitude cuddled with the establishment."

सुधीर बस स्टॉप पर आकर खड़ा हो गया। एक बस आई...सुधीर तेज़ी से बस में चढ़ गया। मुकुल दा भी पीछे-पीछे बस में चढ़ गए और अपने नाटक के बारे में बताते रहे। दूर तक उनकी आवाज़ सुनाई देती रही।

"दूसरे हिस्से में एक नवयुवक चाँद को सरदर्द की गोली समझ के निगल जाता है।"

सुधीर ने मुकुल दा की तरफ़ देखा और पूछा–

"चाँद को गोली समझकर....?"

"निगल गया...जनता शोर मचा रही है। देश के नेता परेशान हैं। वो उस नौजवान से पूछ रहे हैं। तुमने ऐसा क्यों किया ? अगर तुम्हारे सर में दर्द था तो हमारे पास आते। चाँद को निगलकर सबकी ज़िन्दगी में अँधेरा क्यों कर दिया तुमने ? नवयुवक शान्त खड़ा था। उसके जिस्म में कोई हरकत नहीं है। सिर्फ़ कभी-कभी उसके होंठ बुदबुदा उठते हैं। शान्ति शान्ति।"

''चलता हूँ, मुकुल दा।''

सुधीर बस से उतरने लगा।

''मैं भी चलता हूँ।''

''ओह हाँ...आइए।''

दोनों आदमी बस से उतर गए और फुटपाथ पर चलते-चलते भीड़ में गुम हो गए।

12

रात का वक़्त था। सुधीर अपने घर पहुँचा। उसके हाथ में पैकेट थे खाने के। लिफ़्ट से अपने फ़्लोर पे पहुँचा...दरवाज़ा बन्द था।

अपनी जेब में घर की चाबी खोजने लगा। पर चाबी नहीं मिली। घर की घंटी बजाई... पर घर में कोई था नहीं। खड़ा सोचने लगा, तभी मुंडू सीढ़ियों से नीचे उतर रहा था। उसने लाल रंग की नई टी-शर्ट पहनी थी। सुधीर को देखकर बोला—

''साहब...आप अपनी चाबी घर में भूल गए थे।''

''हाँ...लेकिन मेम साब कहाँ हैं ?''

''बीबी जी आपकी चाबी दे गई थीं...यह।''

उसने जेब से चाबी निकालकर दी।

''मेम साहब कहाँ हैं ?''

''हमसे तो कुछ कहा नहीं... !''

''कब आएँगी ?''

''हमसे बोला नहीं।''

सुधीर ने घर का दरवाज़ा खोला और अन्दर गया। फिर घर की बत्ती जलाई, पास ही टेबल पर हाथ के पैकेट रखे। एक बार उसका जी

किया, कुछ खा ले...लेकिन कुछ सोच के, बेडरूम में गया...बाथरूम में गया...नहाया... बिस्तर पर लेटकर कुछ पढ़ने लगा। पढ़ते-पढ़ते उसकी आँखें बन्द होने लगीं। सुधीर को नींद आ गई।

13

सीमा घर आई। अपनी चाबी से दरवाज़ा खोला। घर की बत्ती जल रही थी, टेबल पर कुछ खाने के पैकेट पड़े थे। बेडरूम में गई। टेप बज रहा था और सुधीर सो रहा था। सीमा ने टेप रिकार्डर बन्द किया। वापस आकर खाने के पैकेट लिये, फ्रिज में रखे। फ्रिज से एक पानी की बोतल निकालकर पीते हुए बेडरूम में चली गई, और वहाँ की भी लाइट ऑफ़ कर दी।

14

दूसरे दिन सुबह-सुबह सुधीर ग़रारे करके हॉल में आकर सोफ़े पर बैठ गया। तभी घर की नौकरानी दुर्गा ने सुधीर के सामने चाय और अख़बार रखा। सुधीर ने दुर्गा की तरफ़ देखा।

''मेम साहब, उठी नहीं अभी...?''

''नहीं साहब !''

प्लेट से एक बिस्कुट लेते हुए सुधीर ने कहा–

''दो बिस्कुट और ला दो दुर्गा।''

''लगता है रात खाना नहीं खाया आपने ! खाने के

डिब्बे और पैकेट वैसे ही फ्रिज में रखे हैं।''

''नहीं, देर हो गई थी। फिर जी नहीं चाहा।''

बहुत शान्त ढंग से कहा सुधीर ने, तभी फ़ोन की घंटी बजी। सुधीर ने फ़ोन उठाया।

''हलो...हाँ प्रहलाद, अरे यार पूछ मत मुकुल दा तो पीछे ही पड़ गए...अरे नहीं...बस में भी साथ ही चढ़ गए...ऐसे-ऐसे लोग कैसे राइटर (Writer) हो जाते हैं...? हाँ...ग्यारह, साढ़े-ग्यारह तक पहुँच जाऊँगा।''

सुधीर सोफ़े पर आकर बैठ गया। दुर्गा ने बिस्कुट लाकर रखे।

''कल आ नहीं सकी साहब...बहुत मुश्किल हो गई थी।''

''कोई बात नहीं...क्या हुआ था ?''

''जहाँ रहती हूँ साहब...वहाँ पीछे झोपड़ियाँ हैं बहुत...उनमें आग लग गई थी।''

''ओह...''

''छोटे-छोटे बच्चे साहब, कैसे निकाला हमने। कुछ लोग तो बहुत जल गए उसमें। अस्पताल में भी ग़रीब लोगों को जगह नहीं मिली साहब, अब आग लगी तो उसमें पुलिस का क्या काम, अस्पतालवाले बोलते हैं जब तक पुलिस नहीं आएगी, भर्ती नहीं करेंगे।''

दुर्गा पास पड़े गमले में पानी भी डाल रही थी। सीमा बेडरूम से उठी अँगड़ाई लेते हुए, दुर्गा को देखकर बोली—

''आ गई... ?''

सुधीर ने सीमा का जवाब खुद ही दिया।

''हाँ, जाओ पहले ग़रारे कर लो।''

सीमा चिढ़ गई...गरम पानी लिया...बालकनी में

गरम पानी फेंक दिया, और वापस आ के सुधीर की बग़ल में सोफ़े पे बैठ गई और चाय पीने लगी जो पास ही में रखी थी। दरवाज़े की घंटी बजी...दुर्गा ने जाकर दरवाज़ा खोला। सामने जमाल साहब खड़े थे और उन्होंने दुर्गा से पूछा–

''सुधीर है घर में...? सुधीर...''

सुधीर ने दरवाज़े की तरफ़ देखा। जमाल साहब को देखकर दरवाज़े पर पहुँचा और कहा–

''जमाल साहब...आइए, आइए जमाल साहब।''

जमाल साहब अन्दर आए, सुबह-सुबह भी पी रखी थी जमाल साहब ने।

''आइएं, जमाल साहब, इधर आइए।''

आते ही सीमा को देखकर बोले–

''माफ़ करना बेटी। पहली बार बेटी के घर आए और ख़ाली हाथ चले आए, लेकिन दरवेश तो दुआ लेकर भी चले आते हैं।''

पास रखे सोफ़े पर बैठ गए।

''क्या रे सुधीर...सुना है बड़ा कमाल का थिएटर जमा रखा है तूने आजकल ! हमारे भी ज़माने थे कभी, आग़ा हश्र राल की तरह बहता था ज़बान से, आजकल भी कोई रोल बोल दे तो तुझे जौहर दिखाएँ अपने।''

जमाल साहब लगातार बोलते ही जा रहे थे। वो एक मैली-सी चादर ओढ़े थे, पाजामा और कुर्ता दोनों फटे हुए थे। चादर से सब छिपाया हुआ था।

''लेकिन पहले देखूँ तो सही तू क्या कर रहा है। कोई इज़्ज़त-ओ-वक़ार की बात है तो हम भी हिस्सा लें। वर्ना क्यों ख़ामख़ाह अपनी कमाई हुई

इज़्ज़त गँवाएँ भला ?''

पास बैठी सीमा को जमाल साहब ने देखा जो चुपचाप उन्हीं को देख रही थी। उसे अच्छा नहीं लग रहा था ऐसे आदमी का घर में आना।

''क्यों बहू...सुना है तुम भी काम करती हो थिएटर में। इसे कहते हैं शौहर के साथ शाना-ब-शाना चलना।''

सीमा ज़बरदस्ती मुस्कराई उनकी बातों पर। जमाल साहब फिर मुख़ातिब हुए सुधीर की तरफ़–

''ख़ुदा लगती कहूँ...तुम्हारी तारीफ़ सुन के चले आए। सुधीर भई, हम सुख़न फ़हम हैं, ग़ालिब के तरफ़दार नहीं। यूँ तो किसी के दर पे झाँकने नहीं गए कभी...वो इक़बाल ने कहा है ना–''

दुर्गा एक कप चाय ले आई, और जमाल साहब के सामने रख दी।

''जीती रहो बहन।''

सीमा खड़ी हुई...और जमाल साहब से इजाज़त माँगकर बेडरूम में चली गई। जमाल साहब ने फिर कहना शुरू किया–

''तो फिर बताओ कब दिखाते हो अपना नाटक हमें। देखें तो सही आख़िर कहाँ तक पहुँचा तुम्हारा फ़न...पास-वास भिजवा देना हमें, टिकट ख़रीदकर तो हम देखने से रहे। हम तो भई मालिक मकान को भी कुछ नहीं देते।

''हाँ, कभी-कभार उसे ज़रूरत पड़ जाती है तो, तो तुम जैसे किसी होनहार नौजवान से दस-बीस रुपए लेकर दे देते हैं। उसके बाल-बच्चों की भी ज़रूरत होगी। आज सुबह आया था मेरे पास, तो मैंने कह दिया, जाता हूँ, देखता हूँ...अगर...''

सुधीर बीच में ही कहने लगा–

"आपकी चाय ठंडी हो रही है जमाल साहब, मैं एक मिनट में हाज़िर होता हूँ। आप चाय पी लीजिए।"

सुधीर बेडरूम में आया जहाँ सीमा कुछ कपड़ों को तह कर रही थी। सुधीर ने सीमा से कहा–

"सीमा एक बीस रुपए देना...जमाल साहब को ज़रूरत है।"

सीमा ग़ुस्से में थी।

"मेरे पास नहीं हैं। देखते नहीं इस वक़्त भी शराब की बू आ रही है उसके मुँह से।"

"जानता हूँ। लेकिन, अपने ज़माने का बहुत बड़ा एक्टर है सीमा, अब क्या करें। उम्र हमेशा तो साथ नहीं देती और एक्टिंग के अलावा कुछ सीखा नहीं।"

सीमा ग़ुस्से में बैठी रही।

"कपड़े देखे उनके...? और वो चादर तो न होने के बराबर है।"

पास पड़ी एक शाल को देखकर सुधीर ने कहा–

"ये शाल वही है न, कमल कला मन्दिर वाले की, बुरा न मानो तो दे दूँ उन्हें...अगर..."

सीमा ने ग़ुस्से से कहा–

"कोई ज़रूरत नहीं।"

शाल को सुधीर के हाथों से छीनकर पास की ड्रेसिंग टेबल की दराज़ से बीस रुपए निकालकर सुधीर को दिए और कहा–

"ये बीस रुपए मत्थे मारो...और तुम भी कुछ और सीख लो। सिर्फ Acting करोगे तो, उम्र हमेशा साथ नहीं देती।"

सुधीर ने कहा–

"सीमा तुम क्या बक रही हो। कुछ जानती भी हो।"

यह सुनकर सीमा की आवाज़ और ऊँची हो गई।

"वही बक रही हूँ जो तुमने कहा है। तुम ही तो कह रहे थे कि बहुत बड़ा Actor है लेकिन Acting के अलावा और कुछ सीखा नहीं, उम्र ने साथ नहीं दिया। तुम भी तो बहुत बड़े Actor हो, तुम्हारी उम्र क्या हमेशा एक ही रहेगी !"

सुधीर ने दाँत पीसते हुए कहा–

"धीरे बोलो। पता नहीं किस करवट उठी हो, आज सुबह-सुबह ही ज़हर थूक रही हो।"

इतना कहकर सुधीर हॉल में आया जहाँ जमाल साहब बैठे थे। लेकिन अब वो वहाँ नहीं थे और उन्होंने चाय तक नहीं पी थी।

सुधीर ने दुर्गा से पूछा जो किचन से निकल रही थी।

"दुर्गा...जमाल साहब कहाँ गए... ?"

"पता नहीं, अभी तो यहीं थे।"

सुधीर दरवाज़ा खोलकर बाहर देखने आया, तो लिफ़्ट नीचे जा रही थी।

15

थिएटर में सुधीर अपने साथियों के साथ नए प्ले की रिहर्सल कर रहा था। सीमा अपनी लाइनें बार-बार भूल रही थी। सुधीर उसके क़रीब आया और कहा–

''क्यों लाइनें याद नहीं हैं ?''

''नहीं...वक़्त नहीं मिला।''

सबके सब देख रहे थे। पास खड़ी एक लड़की ने लाइन दोहरा दी और सुधीर ने सीमा को कहा–

''फ़ाइल में देखकर पढ़ो।''

लेकिन सीमा पढ़ नहीं रही थी। फ़ाइल में पन्ने नहीं थे। सुधीर ने पूछा–

''क्या हुआ...?''

''बीच में दो पन्ने नहीं हैं।''

''कहाँ गए... ?''

''पता नहीं !''

''तो किसे पता होना चाहिए ?...तुम्हें या मुझे...?''

सुधीर ने ग़ुस्से में अपनी फ़ाइल ले जाकर सीमा को दे दी।

''ये लो...इसमें से पढ़ो और याद रखो, खाना पकाना भूल जाओ तो माफ़ कर सकता हूँ, लेकिन अपनी लाइनें भूल गईं तो माफ़ नहीं करूँगा।''

सुधीर का ग़ुस्सा देखकर सीमा आगे की लाइनें भी ग़लत पढ़ रही थी। सुधीर फिर ग़ुस्से में आगे बढ़ा तो पास खड़े फ़ारूक़ ने सुधीर के कन्धे पर हाथ रखा। फ़ारूक़ को देखा। सुधीर ने अपने ग़ुस्से पर क़ाबू पाकर कुछ सोचकर बोला–

''भई एक काम करते हैं...सीमा अगर सबको भुने हुए भुट्टे खिलाए तो आज Pack up कर दें। क्यों सीमा... ?''

सीमा ने हल्की-सी मुस्कुराहट के साथ रज़ामन्दी ज़ाहिर की।

क्या बुरा है,
क्या भला हो सके तो,
जला दिल जला–
मुस्कुराना, सहते जाना
चाहने की रस्म है
न लहू न कोई आँसू
इश्क़ ऐसा ज़ख़्म है
मुस्कुरा के ज़ख़्म खा ले
शिकवा कोई, न गिला।

16

दुर्गा और मुंडू घर के नल को ठीक कर रहे थे।
पानी तेज़ी से निकल रहा था।

"यह तो ज़्यादा ही निकलने लगा है।"

"अरे ठहर तो सही बाई। अभी खुलने तो दे।"

"लेकिन वाशर तो नया डालना पड़ेगा न ?"

"अभी तो कपड़ा बाँध देता हूँ, रुक जाएगा। मैंने किया था अपने घर में।"

मुंडू ने बढ़ते हुए पानी को रोकने के लिए कपड़ा माँगा।

"कपड़ा कहाँ है ?"

"ये पट्टी काट के रखी है।"

सीमा और सुधीर घर में दाख़िल हुए।

"क्या हो रहा है दुर्गा... ?"

"ये नल साहब फ़ालतू बहता रहता है।"

"तो क्या कर रही हो उसे ?"

"पता नहीं मुंडू कहता है वो ठीक कर देगा।"

"क्यों रे मुंडू कर लेगा ?"

''देखता हूँ साहब।''

''अबे देखता हूँ के बच्चे...बिलकुल ही बन्द नहीं हुआ तो ?''

सीमा किचन में आई और फ्रिज में कुछ देखना चाह रही थी कि पानी की बौछार पड़ी।

''क्या कर रहा है रे मुंडू...अरे ये पैकेट तो रख लेने दे।''

चारों तरफ पानी फैल रहा था। सीमा ने मुंडू को वहाँ से हटाया।

''चल हट यहाँ से।''

मुंडू हट गया। सीमा और दुर्गा नल को ठीक करने लगी, तभी सुधीर किचन में आ गया।

''अरे क्या करती हो... ? ठीक से हाथ रखो उस पे ?''

दरवाज़े पर घंटी बजी...मुंडू पहले ही जा चुका था। दुर्गा दरवाज़ा खोलने गई। सुधीर और सीमा नल ठीक करने लगे।

दुर्गा ने जाकर दरवाज़ा खोला, सामने सुधीर का दोस्त टी.के. खड़ा था। उसने सुधीर के बारे में पूछा—

''साहब हैं घर पे...सुधीर कहाँ है ?''

''जी...वो...हैं।''

टी.के. घर के अन्दर आ गया। हॉल से किचन दिख रहा था जहाँ सुधीर और सीमा नल ठीक कर रहे थे।

टी.के. किचन में आ गया, जहाँ चारों तरफ़ पानी फैला हुआ था। टी.के. ने पूछा—

''क्या हुआ सुधीर...? खड़े-खड़े स्विमिंग हो रही है ?''

सुधीर ने टी.के. को देखा।

"अरे...टी.के. !"

"किसी बहुत बड़े Crisis में लगते हैं आप लोग।"

सुधीर ने समझाते हुए टी.के. से कहा–

"ये वाशर यार...उफ़...ख़ामख़ाह बैठे-बिठाए काम से लगा दिया इस मुंडू ने।"

फिर सीमा से कहा जो आधे से ज़्यादा भीग चुकी थी।

"अब जल्दी करो ना...कपड़ा बाँधो उसे।"

यह सब देखकर टी.के. अपने हाथ की आस्तीन ऊपर करते हुए नल के क़रीब पहुँचा।

"लाओ मुझे दो...वाशर कहाँ है... ?"

"वाशर है कहाँ... ! सिर्फ़ मरहम पट्टी से... उफ़...मरहम पट्टी से काम चला रहे थे। अब तू क्यों भीग रहा है ?"

टी.के. ने उसकी बात अनसुनी करके कहा–

"छोड़ न मुझे दे।"

टी.के. नल के पास आया और उसे ठीक करने लगा।

"तू भी बस Artist ही पैदा हुआ है...बड़ी फ़िल्मी क़ौम होती है भाभी...किससे शादी कर ली आपने...?"

"वो भी तो आर्टिस्ट है। एक मैं ही थोड़ा निकम्मा हूँ।"

"सॉरी भाभी, मेरा मतलब आपसे नहीं था। ये जो बड़ा Actor बना फिरता है...अब Acting से बन्द करे इस नल को। लाइए...Practical होना तो आता ही नहीं ना Artist को !"

सीमा वहाँ से चली गई। टी.के. नल को ठीक करने लगा। वह भी गीला हो गया। पास खड़ी दुर्गा टी.के. को नल ठीक करते देखती रही। नल

ठीक करके टी.के. और सुधीर हॉल में आए।

सुधीर ने सीमा को आवाज़ दी।

''सीमा ज़रा तौलिया देना...तू तो बिलकुल भीग गया यार...चेन्ज कर ले। मेरे कपड़े तो फ़िट हो जाएँगे।''

''अरे नहीं भाई, अभी सूख जाएँगे।''

सीमा तौलिया लेकर आई और सुधीर के कपड़े भी लेकर आई।

''बदल लीजिए, इनकी कमीज दे देती हूँ।''

''हाँ सीमा दे दो...पैन्ट भी दे दो मेरी।''

''नहीं नहीं, अभी सूख जाएँगे। कपड़े सूखते कितना वक़्त लगता है।''

''सूख जाएँ तो फिर बदल लीजिएगा। तब तक आपके कपड़े सेफ़ रहेंगे। बेफ़िक्र रहिए।''

''नहीं, वो बात नहीं... लेकिन इस सुकड़ू की पैन्ट मुझे नहीं फ़िट होगी।''

सीमा ने फिर कहा–

''एक काम कीजिए, इनका कुरता-पायजामा पहन लीजिए।''

सुधीर ने धकेला।

''तू जा न, बदल ले।''

''I am sorry. पहली मुलाक़ात में आपको इस झमेले में डाल दिया।''

''Look at that. झमेले में तूने डाला, कि हमने डाल दिया तुझे !''

टी.के. ने सुधीर से कहा–

''By the way ज़रा एक Formal Introduction तो करा दे भाभी से।''

''अरे, धत् तेरे की...और तू–भाभी भाभी क्या लगा रखा है, छोटी है तुझसे, सीमा कह के बात

कर...सीमा। यह टी.के. है, मेरे स्कूल का यार है। बड़े काम की चीज़ है।''

सीमा ने मुस्कुराते हुए कहा–

''वो तो देख ही लिया।''

टी.के. ने वज़ाहत की।

''और सबसे Important बात यह है कि इसने मुझे आज रात के खाने पे बुलाया था जो नज़र आ रहा है कि इसे याद नहीं...और आपसे कहा भी नहीं होगा ?''

''नहीं तो... !''

''मैंने कब बुलाया था यार...अब आ गया है तो खा ले...लेकिन...''

''पाँच सितम्बर की शाम चार बजे President Building के... ।''

सुधीर ने बात काट दी।

''ले, तारीख़ के साथ-साथ वक़्त भी याद रखने लग गया है, सीमा...T.K. is too good with dates.''

''बाक़ी Introduction बाद में कर लें तो अच्छा नहीं। ये अब तक खड़े भीग रहे हैं।''

सुधीर ने कहा–

''खड़े भीग नहीं रहे...भीगे खड़े हैं। ख़ैर जाओ, इसे कपड़े दे दो।''

टी.के. सीमा के साथ बेडरूम में गया। सुधीर किचन में आया, जहाँ दुर्गा किचन में फैला पानी साफ़ कर रही थी। सुधीर ने पूछा–

''दुर्गा खाना क्या पकाया है... ?''

''आप दोनों के लिए बनाया था, और एक आदमी का हो जाएगा। साथ में कहिए तो Egg-Curry और बना देती हूँ।''

''हाँ बना ही लो...मेरा ख़याल है...अंडे हैं ?''

"नहीं !"

"तो जा के अंडे वगैरह ले आ।"

सुधीर ने पर्स से पैसे निकालकर दिए। फ़ोन बज उठा, सुधीर फ़ोन उठाने गया और सीमा आ गई।

"दुर्गा को कहाँ भेजा है ?"

"अंडे लेने...एक Egg-Curry और बन जाएगी।"

सीमा ने रूठी सी आवाज़ में कहा–

"पहले कहना चाहिए था न, Egg-Curry कोई खिलाने की चीज़ है।"

टी.के. आ गया, उसे देखकर सुधीर ने कहा–

"टी.के. के साथ कोई तक़ल्लुफ़ की बात नहीं है।"

सीमा ने कुछ कहना चाहा लेकिन टी.के. बोल पड़ा–

"मेरे और सुधीर में कोई तक़ल्लुफ़ नहीं सीमा। जो बना है खा लेंगे। पंजाबियों की तरह मुक्का मार के प्याज़ दे दोगी तो वो भी चलेगा।"

"दोनों मँगवाने पड़ेंगे, न पंजाबी है न प्याज़।"

"सीमा अंडे हैं घर में...?"

"हैं..."

"थोड़ा-सा चीज़ होगा ?"

"है..."

"अगर बुरा न मानो तो मैं तुम्हारे किचन में दख़ल दे सकता हूँ ?"

"बताइए न क्या करना है ?"

"हरी मिर्चियाँ हैं ?"

"हैं..."

"तुम मिर्च कतर दो...मैं पकाता हूँ।"

"क्या पकाएँगे ?"

"बताता हूँ...ज़रा गैस तो ऑन करो...सुधीर तुम

बैठो।''

''हद हो गई यार। असली घरवाला तो तू लगता है, मैं तो मेहमान लग रहा हूँ...मुझे तो फ्रिज में रख दो। जब ज़रूरत पड़े निकाल लेना। मैं चला...''

सुधीर उठकर हॉल में आ गया। सीमा फ्रिज से सामान निकालने लगी और टी.के. विम पावडर उठाकर बर्तन साफ़ करने लगा। सीमा चौंक गई।

''ये क्या कर रहे हैं आप ?''

''बरतन साफ़ कर रहा हूँ। क्यों ? आप लोगों में नहीं साफ़ करते। उसी में पका लेते हैं।''

''पर मुझे दीजिए ना। मैं साफ़ कर देती हूँ।''

''अरे सीमा...छोड़ो भी तकल्लुफ़...तुम गैस जलाओ, पतीली ऊपर रखो, और...इस ड्रेस में तो वैसे वही लगता हूँ जो कर रहा हूँ।''

टी.के. फिर बरतन माँजने लगा। सीमा हँस पड़ी।

17

टेबल पर खाना लगाया जा चुका था। सुधीर, सीमा और टी.के. सब बैठे हुए थे। टी.के. बातें बहुत करता था। हर पल बोलता रहता था।

''एक बात है भाई...घर के खाने जैसा कोई खाना नहीं। चाहे कैसा भी बना हो, और मेरी जैसी बीवी अपने हाथ से बनाए तो सोने पे सुहागा...क्यों सुधीर ?''

सीमा ने हामी भरी।

''खाना सचमुच बहुत अच्छा बना है।''

सभी खाना खा रहे थे कि टी.के. ने पूछा–

''आप लोग मच्छी-वच्छी भी खाते हो कि नहीं...?''

सुधीर बोला–

''फँस जाएँ तो खा लेते हैं।''

सीमा को कहना पड़ा।

''आप लोगों का मज़ाक और ज़बान कितनी मिलती है एक दूसरे से।''

एक ही सुर में दोनों बोल पड़े–

''भाई एक ही स्कूल में पढ़े हैं और एक ही मास्टर से...समझी।''

टी.के. ने पूछा–

''मैं क्या कह रहा था... ?''

''मच्छी पकड़ रहा था कोई।''

''हाँ...एक दिन राई में मैं बना के खिलाऊँगा आप लोगों को, क्या कोई साला बंगाली बनाएगा।''

सीमा ने पूछा–

''मच्छी का बहुत शौक है आपको ?''

''रहता ही हूँ उनके देश में !''

''बंगाल में रहते हैं आप... ?''

''वो तो मछेरों का देश है। मच्छी का कहाँ... ?

''मच्छर और बंगाली दो ही चीज़ें मिलती हैं।''

''तो फिर आप कहाँ रहते हैं... ?''

''समन्दर के बीच !''

सुधीर ने बताया–

''इसका धन्धा वही है सीमा। मच्छी पक़ड़ता है, डिब्बे में बन्द करता है और बेच देता है।''

''यह क्या बात हुई...मच्छी डिब्बे में डालकर बेच दी।''

टी.के. ने इज़ाफ़ा किया।

"झींगा मिले तो झींगा बेच देता हूँ, केकड़ा मिले तो केकड़ा, जो मिले समन्दर से निकाल के बेच देता हूँ। ऐसी खुली खेती है।"

बात सीमा की समझ में आ गई।

"Cold Food Storage का बिज़नेस है आपका।"

बड़ी हैरत से देखते हुए बोला।

"आप तो कमाल की समझदार हैं। देखा सुधीर...और तू तो ख़ामख़ाह ही कह रहा था कि..."

"मैं क्या कह रहा था ?"

सीमा ने सुधीर की तरफ़ देखा।

"क्या कहा था आपने... ?"

"कहाँ कहा कुछ...ये तो ख़ामख़ाह झगड़ा कराने की कोशिश कर रहा है। मैं घर की बात कभी बाहर बताता हूँ।"

टी.के. हँस पड़ा...खाना गले में था...हच्छू आ गया। वह खाँसने लगा। सीमा उसकी पीठ सहलाने लगी, और दुर्गा को आवाज़ दी।

"दुर्गा जल्दी पानी देना।"

खाँसता हुआ खड़ा हुआ टी.के. और बेडरूम की तरफ़ चला गया।

18

रात का वक़्त था। बिस्तर पर औंधा लेटा सुधीर किताब पढ़ रहा था। पास ही ड्रेसिंग टेबल पर सीमा अपने चेहरे पर क्रीम लगा रही थी। सीमा सोने की तैयारी कर रही थी। सुधीर ने पूछा–

"Play नहीं पढ़ोगी एक बार...?"

"नहीं, थक गई।"

"खाना तो टी.के. ने बनाया, तुम कैसे थक गईं।"

सीमा ने कहा–

"बहुत, बेतकल्लुफ़ दोस्त है आपका। इस तरह से पहले किसी को नहीं देखा आपके साथ...थिएटर में सबके सब आपके Subordinate की तरह behave करते हैं।"

सुधीर ख़ामोश रहा, फिर सीमा ने ख़ुद ही इज़ाफ़ा किया–

"मैं भी..."

सुधीर अपनी किताब पढ़ता रहा। सीमा बिस्तर पर आई और दूसरी तरफ़ मुँह करके सो गई।

19

सुबह-सुबह सीमा शीशे के सामने अपने बाल बना रही थी। बाथरूम से सुधीर नहा के निकला तो बाथरूम में Tape Recorder बज रहा था। सीमा ने ध्यान दिलाया।

"आपका कैसेट चल रहा है। इसे ऑफ़ कर दीजिए।"

"ओह..."

सुधीर ने Tape Recorder बन्द कर दिया। पास ही बिस्तर पर उसके कपड़े पड़े थे। सीमा ने सुधीर से पूछा–

"अच्छा मैं बाल कटवा दूँ... ?"

"मतलब... ?"

"छोटे करवा लूँ। अच्छे लगेंगे। ये देखो।"

सीमा ने बालों को आधा करके बताया।

"और पद्मनी... ? 'पद्मनी का क्या होगा ? और सावित्री 'ख़ामोश अदालत' में।"

सीमा थोड़ा-सा नाराज़ होकर बोली।

"अच्छा बिमला और सावित्री मुझसे ज़्यादा Important हैं तुम्हारे लिए...है न...? मुझमें हमेशा अपना कैरेक्टर (Character) ही देखते हो। कभी मुझे भी देखा है...?"

सुधीर सीमा के करीब आया...और कहा–

"तुम्हारे अन्दर तो सारा जहाँ देखता हूँ मैं।"

सीमा ने सुधीर को झटक दिया।

"डायलॉग मत बोला करो हर वक़्त। तुम्हारे लिए थिएटर मुझसे ज़्यादा अहम है। है ना ? मेरी जगह दूसरी है। पहले थिएटर, फिर मैं। और मुझे यह बिलकुल अच्छा नहीं लगता !"

सुधीर ने ज़रा सा वक़्फ़ा लिया सोचने का, और कहा–

"थिएटर सिर्फ़ तुमसे नहीं, मुझसे भी ज़्यादा अहम है। हम दोनों बाद में हैं थिएटर पहले। याद है मैंने एक बार तुमसे कहा था..."

"याद है !"

"क्या याद है ?"

"यही कि तुम्हें एक बच्चा चाहिए।"

"तो ? क्या कहा था तुमने ?"

माज़ी के मंज़र में...

20

रात का वक़्त था। सुधीर और सीमा बेडरूम में लेटे हुए आपस में बातें कर रहे थे।

''पद्मिनी कैसे प्रेगनेन्ट हो सकती है ? अभी तो सौ शो पूरे करने हैं।''

'' 'ख़ामोश अदालत जारी है' के सौ शो पूरे करते-करते 'आधे-अधूरे' के शो शुरू हो जाएँगे फिर...?''

''फिर उसके सौ शो पूरे करेंगे।''

सुधीर खड़ा हो गया।

''मतलब क्या है तुम्हारा... ? मैं कभी बाप नहीं बनूँगा... ?''

''तुम बन जाओ ना...मुझे प्रेगनेन्सी से डर लगता है।''

''तो क्या मैं प्रेगनेन्ट होऊँगा ?''

सीमा हँस पड़ी।

''I Wish ऐसा हो सकता। ये सारी मुसीबत औरतों ही की क्यों होती है... ? मर्दों की तो ऐश है। कैसी ugly हो जाती हैं औरतें जब...''

21

उस रात वाली बात अभी तक चल रही थी।

''जो बात तुम्हें ugly लगती है, मैं समझता हूँ वही खूबसूरत बात है औरत की ! वही एक जगह है जहाँ मर्द, औरत का मुक़ाबला नहीं कर सकता। वह कुछ भी करे, ज़िन्दगी को जन्म नहीं दे सकता। लेकिन तुम्हारी मुश्किल पता है क्या है...?''

सीमा शीशे के सामने बैठी थी। सुधीर बोलता हुआ उसके पास आया।

''तुम Belonging से डरती हो...साँकल बाँधने से डर लगता है तुम्हें...पता नहीं किस चीज़ की तलाश

है तुम्हें ? जब मुझे मिली थीं...पेन्टिंग के स्कूल में जाया करती थीं। उसके बाद एक गिरी प्रसाद से गाना सीखना शुरू किया...घर में पड़े-पड़े तानपूरे को जंग लग गया है लेकिन...''

सुधीर बोलता जा रहा था...और सीमा शीशे के सामने बैठी काली पेंसिल से अपने चेहरे पर मूँछें बना रही थी। सुधीर अचानक रुक गया।

''ये क्या कर रही हो...?''

सीमा हँसने लगी।

''ऐसे ही देख रही थी...मूँछें कैसी लगती हैं मुझ पर।''

सुधीर सीमा को देखता रहा।

''अच्छा अगर मैं मर्द होती तो... ?''

''मेरा खयाल है, वही प्रोब्लम है तुम्हारा।''

सुधीर गुस्से में कमरे से बाहर निकल गया। तैयार होकर कहीं बाहर जा रहा था। बाहरी दरवाजे के बन्द होने की आवाज सुनाई पड़ी।

सीमा समझ गई कि सुधीर चला गया। फ़ोन की घंटी बज रही थी। सीमा ने दुर्गा को आवाज़ दी।

''दुर्गा...दुर्गा फ़ोन देखो।''

फ़ोन बज रहा था...सीमा उठी और बाहर के कमरे में आई और फ़ोन उठाया।

''हलो...हाँ...वो चले गए फ़ारूक़...मुझे नहीं मालूम उनका प्रोग्राम...अच्छा।''

दरवाज़े की घंटी बजी...सीमा ने फ़ोन रखा और जाकर दरवाज़ा खोला। सामने टी.के. खड़ा था। सीमा को देखकर टी.के. हँस पड़ा।

सीमा की समझ में नहीं आया, टी.के. क्यों हँस रहा है।

"क्या हुआ...हँस क्यों रहे हैं आप... ?"

"तुम्हें नहीं मालूम क्या हुआ ?"

टी.के. हँसता रहा।

"बताइए न...ऐसे क्यों हँस रहे हैं... ?"

"ऐसी मुलाक़ात होगी तुमसे, ये तो नहीं सोचा था। सुधीर कहाँ है.. ?"

"वो तो चले गए...लेकिन आप हँस क्यों रहे हैं ?"

"आओ बताता हूँ।"

टी.के. ने सीमा को हाथ से पकड़ा और बेडरूम के शीशे के सामने लाकर खड़ा कर दिया।

"वो देखो..."

सीमा के चेहरे पर काली पेंसिल से मूँछें बनी हुई थीं। सीमा झेंप गई।

"ओह...गॉड...सॉरी...मैं तो भूल ही गई ! सुधीर से मज़ाक कर रही थी और..."

सीमा मूँछों को साफ़ करने लगी।

"मेरा ख़याल है Next time मैं आया तो सुधीर प्रेगनेन्ट नज़र आएगा।"

दोनों हँस पड़े। सीमा अपनी मूँछें साफ़ कर चुकी थी। सीमा ने दुर्गा को बुलाया।

"दुर्गा..."

"आई...मेम साब।"

दुर्गा दरवाज़े पर आकर खड़ी हो गई।

"कहाँ गई थी...?"

"छत पर कपड़े डालने गई थी। नमस्ते साहब।"

उसने टी.के. को देखकर नमस्ते किया।

"अच्छा जल्दी से चाय बना के ला साहब के लिए।"

टी.के. बिस्तर पर बैठा हुआ था, खड़ा हो गया और कहने लगा—

''नहीं...नहीं चाय नहीं पिऊँगा, मुझे जाना है। मैं आप दोनों को रात के खाने पे बुलाने आया था।''

टी.के. ने नौकरानी को देखकर कहा।

''दुर्गा माँ...रात का खाना ये लोग बाहर खाएँगे। घर पे मत बनाना...''

सीमा ने कहा—

''लेकिन सुधीर तो...''

''सुधीर से कह देना...कोई शो वगैरहा तो नहीं है आज ? और हो भी तो क्या है...शो के बाद खाएँगे। घर ही पे तो खाना है।''

''लेकिन सुधीर से...''

''उसे कह देना...मेरा नाम कह देना, उसकी मजाल नहीं इनकार करे।''

सीमा ने हँसकर कहा—

''आपको इतना भरोसा है दोस्त पर तो ठीक है।''

टी.के. जाने लगा। सीमा उसको पहुँचाने के लिए बाहरी दरवाज़े तक आई। टी.के. चला गया। सीमा ने दरवाज़ा बन्द किया और ख़ुशी के मारे ज़ोर से चिल्ला के दुर्गा को बुलाया—

''दुर्गा...''

दुर्गा भागी हुई आई...वो घबरा गई थी।

''क्या हुआ मेम साहब...?''

सीमा ने महसूस किया।

''मैं बहुत जोर से चिल्लाई थी...?''

''और क्या...मैं तो समझी हाथ आ गया दरवाज़े में।''

सीमा हँसने लगी।

''कुछ नहीं, सिर्फ़ कहना था...रात का खाना बाहर है। वो अभी तो बताया था।''

''वो तो मालूम है मुझे।''

''इसलिए नहीं...तुझे शाम को जल्दी जाना था न, तो चली जाना।''

सीमा बेडरूम में चली गई।

22

शाम का वक़्त था, सुधीर फ़ारूक़ के ऑफ़िस में बैठा था और दोनों चाय पी रहे थे।

''ये रिहर्सल जो एक हफ़्ता आगे हो गई है न, बहुत बुरा हुआ।''

''तो क्या हुआ दादा...और कितना कुछ तैयारी के लिए है। इसमें परेशान होने की क्या बात है।''

सुधीर चुप रहा और चाय पीता रहा। फ़ारूक़ ने फिर से कहा–

''सच पूछिए तो मेरा भला हो गया इसमें।''

''वो क्या...?''

''ऑफ़िस का काम कुछ बढ़ता जा रहा था। चार-पाँच दिन ओवर टाइम करके ख़त्म कर दूँगा।''

सुधीर ने आख़िरी चाय की चुस्की ली और कप रखते हुए कहा–

''चलता हूँ...''

''भाभी को फ़ोन तो कर लो। दिन में कितनी बार पता कर चुकी हैं।''

''मुझे मालुम है क्यों फ़ोन कर रही है।''

''कोई ज़रूरी बात है।''

''नहीं...सुबह आते हुए पर्स रह गया था मेरा, इसलिए परेशान होगी। अब की आए तो कह देना मैंने तुमसे पैसे ले लिए।''

''एक बार ट्राई तो कर लो फिर से !''

सुधीर ने पास पड़े फ़ोन से दोबारा कोशिश की लेकिन घर का फ़ोन बिज़ी था।

"थिएटर से ट्राई कर लूँगा। वहीं जा रहा हूँ मैं।"

23

बम्बई की सड़क, शाम का वक़्त, टी.के. मस्ती में अपनी कार चलता हुआ जा रहा था।

24

सीमा अपने घर के किचन में चाय बना रही थी तभी दरवाज़े की घंटी बजी। सीमा ने दरवाज़ा खोला। टी.के. सामने खड़ा था।

टी.के. ने पूछा—

"ये क्या...तैयार नहीं हुईं अब तक... ? ठीक टाइम पर आया हूँ।"

"लेकिन सुधीर तो आया नहीं अभी।"

"आता ही होगा, कह तो दिया था ना...?"

"फ़ोन भी नहीं आया। उन्हें ख़बर भी नहीं है।"

सीमा किचन में आ गई। टी.के. भी साथ-साथ आ गया।

"किचन में क्या हो रहा है...? रसोई तो नहीं शुरू कर दी।"

"सिर्फ़ चाय बना रही थी, चाय तो पिएँगे...?"

"हाँ...इस वक़्त तो पिऊँगा।"

सीमा ने चाय की पत्ती डाली थी कि फ़ोन बज उठा। टी.के. ने कहा।

“तुम फ़ोन कर लो...मैं चाय देखता हूँ।”

सीमा ने जाकर फ़ोन उठाया। फ़ोन सुधीर ने ही किया था। शिकायत के लहजे में सीमा बोली–

“कहाँ थे सुबह से...दस जगह फ़ोन किया लेकिन पता ही नहीं।”

“दौड़-भाग में ही था।”

“तिलक जी आए हैं। सुबह भी आए थे। रात के खाने के लिए कह रहे थे।”

“आज...मुझे तो याद नहीं...उस दिन कह के गया था क्या...?”

“नहीं आज ही सुबह कहने आए थे।”

“लेकिन मुझे तो देर लगेगी।”

टी.के. दो चाय बनाकर सीमा के पास ले आया। जहाँ वो फ़ोन पर सुधीर से बात कर रही थी।

“कितनी देर लगेगी आख़िर...लो, उन्हीं से बात कर लो।”

टी.के. को फ़ोन देते हुए बोली–

“लीजिए आपका फ़ोन आ गया...सुधीर !”

“हलो सुधीर ! अरे कहाँ दिन भर आवारागर्दी किया करता है...? और तुमको इतना भी नहीं होता, घर में एक बार फ़ोन ही कर लो, कोई काम-काज भी पड़ सकता है बीवी को।”

टी.के. ने शरारती लहजे में कहा और सीमा को देखा।

“अरे सुन ना...रात को खाना तुम लोग मेरे साथ खाओगे, इसलिए लेने आया था। आठ बजे तक आ जाए...साढ़े आठ तक...अबे दस बजे कोई खाने का वक़्त होता है ? थोड़ी देर बैठेंगे, बात करेंगे।”

“बँगला कौन-सा है तेरा...वही सागर तट वाला।”

''तो फिर एक काम कर। साढ़े नौ तक सीधा मेरे घर आ जा...मैं सीमा को यहाँ से ले जाता हूँ। हाँ ठीक है। ले सीमा से बात कर।''

सीमा ने फ़ोन लिया।

''हलो ! हाँ ! तो मैं इनके साथ चली जाऊँ ? पहुँच तो जाओगे ना...अच्छा।''

सीमा ने फ़ोन रखा। टी.के. ने पूछा–

''क्या हुआ... ?''

''कहा है...नौ साढ़े नौ तक वहीं आ जाएँगे। आप जुहू पर रहते हैं।''

''हाँ !''

''वो उसी तरफ़ गए हैं...थिएटर पे। मैं तैयार हो जाती हूँ !''

सीमा बेडरूम में चली गई। टी.के. वहीं खड़ा-खड़ा गुनगुनाने लगा। कोई पंजाबी धुन थी।

25

थिएटर में सुधीर अपने साथियों के साथ बैठा किसी बात पर बहस कर रहा था। अचानक मुकुल दा सुधीर के पीछे से नमूदार हुए और सुधीर को हँसते हुए देखकर बोले–

''हँस रहे हो सुधीर...!''

सुधीर ने घूमकर मुकुलदा की तरफ़ देखा।

''जी...''

''किस पर हँस रहे हो...? नाटक पर, अपने आप पर...? या इस सिस्टम पर...?''

26

टी.के. के बँगले पर लॉन में एक छोटा-सा बार बना हुआ था जहाँ पर खूबसूरत गिलास सजे हुए थे...सीमा बैठी हुई थी, हाथ में एक गिलास था। एक टी.के. के हाथ में था। दोनों ने गिलासों को टकराकर चियर्स किया—

"चियर्स..."

"चियर्स..."

टी.के. ने अपनी घड़ी देखी और कहा—

"सुधीर नहीं आया अभी !"

सीमा ने एक सिप लिया। उसको शैम्पेन का स्वाद अच्छा नहीं लगा। टी.के. ने उसको कुछ बिचकते हुए देखकर पूछा—

"क्यों...? शैम्पेन अच्छी नहीं है...?"

"खट्टी है...!"

"शैम्पेन तो ऐसी ही होती है ! पहले नहीं ली कभी...?"

"ली है...वो एक बार, मम्मी के साथ, पार्टी में।"

"मम्मी कहाँ है...?"

"दिल्ली, अमेरिकन एम्बेसी में...एम्बेसी की पार्टी में ली थी। एक बार सुधीर के साथ, शैरटन में पी थी। वो भी एक पार्टी थी। कोई साथ न हो तो नहीं पीती मैं।"

"क्यों...? डर लगता है, कहीं लुढ़क न जाओ ?"

सीमा हँस पड़ी सुनकर...वेटर ने कुछ खाने का सामान रखा। टी.के. ने कहा—

"तुम मत खाना।"

सीमा ने हैरत से पूछा—

"क्यों...?"

''गाना सुनाना है तुम्हें...फिर बोलेगी, खट्टा खा लिया, गले में ख़राश आ गई।''

''लो...ऐसा कौन-सा गाती हूँ मैं...?''

''जो भी गाती हो सुनेंगे तो ज़रूर। क्लासिकल भी गाती हो...?''

''अ...यूँ...ही, थोड़ा, थोड़ा।''

''ख़याल-व्याल मत सुनाना भई, हमें बिलकुल समझ नहीं है। ग़ज़ल वज़ल अच्छी लगती है। बस वो सुना दो।''

''सुधीर तो आ जाए।''

''वो आएगा तो दूसरी ग़ज़ल सुनेंगे। कुछ सुना दो।''

सीमा एक पल कुछ सोचने लगी। फिर मूड बनाने लगी। फिर उसने कहा–

''आप हँसना नहीं, सुन के।''

''बिलकुल नहीं ! Sad ग़ज़ल होगी तो रो देंगे। And dont't mind–मैं रिकार्ड कर रहा हूँ।''

उसने सामने पड़ा टेपरिकॉर्डर का स्वीच ऑन कर दिया। सीमा ने कुछ शरमाते हुए शुरू किया–

फिर किसी शाख ने फेंकी छाँव,
फिर किसी शाख ने हाथ हिलाया
फिर किसी मोड़ से उलझे पाँव
फिर किसी राह ने पास बुलाया।

सुधीर आ चुका था। दूर खड़ा सीमा को सुन रहा था। तभी सीमा ने देख लिया सुधीर को।

''अरे...! तुम कब आए...?''

''बस पाँव मोड़ से उलझे ही थे कि मैं हाज़िर हो गया। थोड़ी-सी देर हो गई।''

सुधीर सीमा के पास आकर लॉन पर ही बैठ गया।

''सुनाओ ना, मुद्दत बाद तुम्हारा गाना सुन रहा हूँ।''

''क्यों...? घर में कभी नहीं गाती...?''

सीमा ने सँभलते हुए जवाब दिया–

''इन्हें गाने का नहीं, डायलॉग का शौक है।''

''क्या लोगे सुधीर...? ह्विस्की...?''

''नहीं...मैं तो बिलकुल टी टोटलर हूँ।''

''ये चाय-वाय इस वक़्त नहीं चलेगी। कम-से-कम शैम्पेन तो लेनी पड़ेगी। वो तो लेडीज ड्रिंक है यार।''

''तो लेडीज को लेने दो। मैं नहीं लेता।''

''इसमें नशा-वशा नहीं होता यार। मीठी होती है।''

''शराब तो है ना...!''

''तो चाय की पत्ती डाल देता हूँ इसमें।''

''नो थैंक यू !''

''ब्रान्डी तो ली होगी कभी...वो तो माँ भी पिला दिया करती है।''

''वो ली है लेकिन...यूँ ही दवा के तौर पर।''

''तो, ब्रान्डी ले लो।''

टी.के. गिलास बनाने के लिए गया। सुधीर ने सीमा को देखकर कहा–

''बहुत different लग रही हो आज...।''

''बुरी लग रही हूँ...?''

''नहीं, पहले-पहले जैसे मिली थीं, वैसी ही लग रही हो। ये ड्रेस भी कितने अरसे बाद पहना है। अच्छा लगता है, पहनती क्यों नहीं हो ?''

''थिएटर के कास्ट्यूम ही से कब फ़ुर्सत मिलती है...?''

टी.के. गिलास में ब्रान्डी लेकर आया और सुधीर को देते हुए कहा–

''फ्रेंच ब्रान्डी पिलाता हूँ तुम्हें, गरम पानी के

साथ...ताकि दवा ही लगे... चियर्स !"

"चियर्स !"

टी.के. और सुधीर ने गिलास टकराए और चियर्स किया। सुधीर थोड़े मूड में आ गया और सीमा से कहा–

"सुनाओ सीमा...अचानक तुम्हारा गाना सुन के बहुत अच्छा लगा। एक साथ पुरानी भी लगीं और नई भी... !"

सीमा ने एक बार फिर सुधीर की तरफ़ देखा और गाना शुरू किया–

फिर किसी शाख़ ने फेंकी छाँव
फिर किसी शाख़ ने हाथ हिलाया।
फिर किसी मोड़ से उलझे पाँव
फिर किसी राह ने पास बुलाया।

27

टी.के. कार चला रहा था। सीमा बीच में बैठी थी और सुधीर किनारे बैठा था जो नशे में था। ब्रान्डी उसको चढ़ गई थी।

"सुधीर...! Next Play पे बताना। सीमा की एक्टिंग देखेंगे। बड़ी talented वाइफ़ मिली है तुम्हें।"

टी.के. गाड़ी चलाते-चलाते सुधीर को देखा जो सो चुका था। सीमा ने मुस्कुराते हुए कहा–

"उन्हें मालूम है।"

"ओह...Yes, of Course."

कार चली जा रही थी। रोशनियाँ सर के ऊपर से गुजर रही थीं।

28

सुबह का वक़्त था...बेडरूम में सीमा अभी तक सो रही थी। सुधीर तैयार हो के कहीं जाने की तैयारी कर रहा था...उसने सीमा से कहा—

''शाम को रिहर्सल है आज, याद रखना !''

''ओह...याद है।''

सुधीर चला गया...सीमा दूसरी करवट लेकर सो गई।

सीमा सो रही थी, तभी उसको फ़ोन की घंटी सुनाई दी। मन मारते हुए गुस्से में कहा—

''दुर्गा...ऽऽ...''

बाहर दुर्गा ने फ़ोन उठाया, और फिर सीमा के पास आई। सीमा ने घड़ी देखी, नौ बज गए थे।

''आपका फ़ोन मेम साब...!''

''कौन है...?''

''टिकट साब बोलते हैं।''

पल को सोचा...ये क्या कह रही है, और फिर समझाया—

''टिकट क्या... ? टी.के. साहब बोल।''

सीमा उठी और बाहर हॉल में आकर फ़ोन उठाया।

''हलो...''

फ़ोन के दूसरी तरफ़ से कोई बोल नहीं रहा था। बस सीमा का गाया हुआ गीत सुनाई पड़ रहा था।

''हलो...''

टी.के. ने टेप बन्द किया।

''हलो...''

''क्यों सुबह-सुबह ऐसी बेसुरी आवाज़ सुना रहे हैं आप ?''

"ऐसी भी क्या modesty सीमा...! तुम जानती हो कि तुम बहुत अच्छा गाती हो।"

सीमा यह सुनकर लजा-सी गई और बालों को सहलाने लगी।

"तुमने गाना क्यों छोड़ दिया...?"

"ऐसे ही !"

"ऐसे मतलब...? सुधीर को शौक़ नहीं...या तुम्हें ख़ुद शौक नहीं है।"

सीमा टी.के. की बात सुनती रही।

"एक बात कहूँ सीमा...कहते हुए अपना आप बड़ा गिल्टी लगता है लेकिन..."

टी.के. कहते-कहते रुक गया। सीमा भी घबरा सी गई, फिर भी उसने पूछ लिया—

"क्या...?"

टी.के. ने बहुत आहिस्ता से कहा—

"कल की शाम मैं कभी नहीं भूल सकता। अगर..."

टी.के. कहते-कहते फिर रुक गया। सीमा कुछ और सुनना चाहती थी। सीमा ने आहिस्ता से पूछा—

"आपने शादी क्यों नहीं की...?"

"क्या करूँ, तुम जैसी कोई लड़की ही नहीं मिली।"

सीमा चुप हो गई।

"तुम अगर सुधीर की बीवी न होती ना, तो मैं तुम्हें उड़ा कर ले गया होता।"

सीमा चुप...ख़ामोश सुनती रही। कुछ कहा नहीं, टी.के. ने आगे कहना शुरू किया—

"I know Seema, बड़ी गुस्ताखी कर रहा हूँ, इस तरह की बात करके, लेकिन...मन में जो बात आई थी...वह मन में रखता तो हर बार मिलते हुए

अपना आप चोर लगता, इसलिए सोचा, कह के माफ़ी माँग लूँ तो अच्छा है। फिर ऐसा ख़याल नहीं लाऊँगा मन में...न सुधीर जैसा दोस्त खोना चाहता हूँ और न...तुम्हारा साथ...ये नहीं चाहता कि फिर कभी तुम्हें मिलने के क़ाबिल न रहूँ।''

एक ख़ामोशी दोनों तरफ़ थी। कुछ पल बाद टी.के. ने कहा—

''सीमा...''

''हूँ...''

''मैंने सोचा तुम फ़ोन रख के चली गईं...नाराज़ हो ? बुरा लगा हो तो कह दो। मैं फिर कभी सामने नहीं आऊँगा।''

फिर एक चुप्पी...टी.के. ने फिर पूछा—

''फिर फ़ोन कर सकता हूँ तुम्हें... ?''

''हूँ...''

''तुम्हारी हूँ से मैं कुछ समझा नहीं, हाँ...या...न।''

कुछ पल बाद सीमा ने कहा—

''अगर आप चाहें...''

और साँस भरकर वक़्फ़े के बाद कहा—

''मैं शाम तक घर पर ही हूँ।''

सीमा ने फ़ोन को बड़ी देर बाद रखा और सोचती रही, यह क्या हो गया—एक गिरह लग गई थी।

29

सुधीर थिएटर में 'ख़ामोश अदालत' प्ले की रिहर्सल करवा रहा था, जिसमें इसकी पत्नी सीमा एक रोल कर रही थी...और भी लड़के-लड़कियाँ थे। पोंक्शे का डायलॉग।

''हँसो मत रोकड़े तुम्हारी काशीकर बाई के टुकड़ों पर पलकर नहीं पढ़ा हूँ...इंटर फ़ेल हूँ तो भी अपने बाप के पैसे पे...नान्सेंस...''

सावित्री का डायलॉग।

''नान्सेंस, अरे सुनो...(हँसते हुए) एक अजीब बात बताऊँ तुम लोगों को...जब मैं छोटी थी ना, तो बहुत ज़्यादा चुप रहती थी।''

सुधीर सबको ध्यान से देख रहा था, सुन रहा था। सबको लाइनें ठीक से याद थीं या नहीं। सावित्री का रोल सीमा, पोंक्शे का रोल फ़ारूक़ कर रहा था।

''तभी तो अब एकदम उसकी उलट हो गई हो।''

रोकड़े ने कहा।

''हाँ, और क्या...तुमने तो देखा है सामन्त।''

''हाँ, यानी कि...नहीं भी हो सकता है।''

सावित्री ने बताया।

''अपनी कापियों पर बड़े ख़ूबसूरत कवर वगैरह चढ़ाकर...''

सुधीर ने सबसे कहा–

''ये फ़ाइल बन्द कर दीजिए, और ज़बानी बोलिए। Close your file. All of you.''

सुधीर ने हवाला दिया–

''हाँ...अपनी कापियों पर बड़े ख़ूबसूरत कवर चढ़ाकर...''

सीमा को अपनी लाइन याद नहीं थी।

''अपनी कापियों पर ख़ूबसूरत कवर चढ़ाकर स्कूल में पहले दिन, पहले पेज पर मोती जैसे अक्षर बनाकर फूल-पत्तों से सजाकर मैंने लिखा था–

The grass is green

The rose is red

This books is mine

Till I am dead.

और फिर क्या हुआ जानते हो–''

रोकड़े ने पूछा।

''क्या हुआ...''

''कापियाँ फट-फटाकर न जाने कहाँ चली गईं और मैं...मैं...अभी भी ज़िन्दा हूँ...I am not dead.''

रोकड़े कापी में लिखने लगा–

''The rose is red...''

''रोकड़े ये आदत बुरी है...पहले सुनो ध्यान से, सुनकर उसे ज़बानी याद करो...और...घुल-मिलकर...''

पास खड़ी एक लड़की रुख़साना ने सीमा की मदद की–

''रक्त में घुल-मिल जाएगा तो कोई निकाल नहीं सकता...''

सुधीर ने रुख़साना को चुप कराया–

''रुख़साना...तुम अपनी लाइनों पर ध्यान दो, बोलो सीमा...रक्त में घुल-मिल जाए तो कोई निकाल नहीं सकता, अच्छा अपने रक्त में घुली-मिली एक कविता सुनाओ।''

सीमा ने बोलना शुरू किया–

''अच्छा अपने रक्त सें घुली-मिली एक कविता सुनाओ–

ये मेरे पाँव...

किस खतरनाक राह पर

चलते रहे–''

सीमा फिर भूल गई अपनी लाइन। सुधीर ने प्रोम्प्ट किया।

''एक के बाद एक आती हैं

उफ़नाती लहरें।''

''एक के बाद एक–
आती हैं उफ़नाती लहरें–''

सीमा फिर अपनी लाइनें भूल रही थी। उसे याद नहीं आ रही थीं। सुधीर ने याद कराया।

''आँधी से टकराती हैं आपस में–''

''आँधी से टकराती हैं आपस में–
बिखर जाती हैं
हर बार...''

सीमा फिर भूलने लगी...सुधीर ग़ुस्से में आ गया, और सीमा को डाँटने लगा–

''अब क्या करूँ तुम्हारा ? एक-एक डायलॉग बैठ के याद कराऊँ तुम्हें ? दो महीने हो गए Script लिये...कभी पन्ने उड़ जाते हैं, कभी वक़्त नहीं मिलता। तो क्यों आती हो थिएटर में...Time Pass के लिए...''

सीमा को बेइज्जती महसूस हुई। रुख़साना ने सब कुछ नॉर्मल करने के लिए कहा–

''सुधीर दा ऐसे मत कहिए।''

सुधीर ने उसे भी डाँट दिया।

''तुम चुप रहो, तुम्हें भी तो दस दिन ही हुए हैं, कैसे याद हो गया रोल ? जी करे तो याद हो ना। ध्यान कहीं और लग गया हो तो, कैसे याद होंगी लाइनें ?''

तभी ग़ुस्से में सीमा ने हाथ की फ़ाइल फेंकी और खड़ी हो गई। जैसे उसे ये सब नहीं करना–या नाटक ही नहीं करना।

30

उस रात घर पर...दोपहर की बात को ही लेकर सीमा, सुधीर से कह रही थी–

''घर पे आ के भी तो कह सकते थे...जो कहना था।''

''क्यों घर पे आ के कहता...? जिसे जो कहना होता है, वहीं नहीं कहता मैं...? सबके घर जा-जा के कहता हूँ क्या...?''

''सबकी और मेरी एक ही बात है क्या...?''

''बिलकुल एक ही बात है।''

''एक बात नहीं है...। मैं सिर्फ़ एक्टर ही नहीं, तुम्हारी बीवी भी हूँ।''

''बीवी हो, घर पे...थिएटर में जैसे सब हैं, वैसे तुम हो।''

''घर है कहाँ...? सब थिएटर ही थिएटर है, मैं सबकी तरह नहीं हूँ, और तुम्हारा ये सब जैसा बर्ताव मुझे नहीं अच्छा लगता।''

''और मैं सबसे अलग...तुम्हें कोई जगह नहीं दे सकता।''

''और मैं नहीं रह सकती, इस भीड़ में गूँगी गाय बनकर, सब मुँह उठाकर देखते हैं जैसे...डायरेक्टर नहीं, कोई अवतार हो गए हो।''

सुधीर ग़ुस्से में सीमा के क़रीब आया और उससे कहा–

''तुम्हें क्या...तकलीफ क्या है...? चाहती क्या हो तुम ? तुम्हें प्ले में काम करना है या नहीं ?''

सीमा ने ग़ुस्से में कहा–

''नहीं...!''

और फिर और तेज़ी से बोली–

''नहीं करना है...मैं बोर हो गई हूँ, तुम्हारे थिएटर से।''

उसी तेज़ी से सुधीर ने जवाब दिया।

"घर में रहती थीं...तो घर बोर करता था...थिएटर में हो तो थिएटर बोर करता है....तुम हमेशा वहाँ होना चाहती हो, जहाँ नहीं हो, जहाँ हो उससे कभी सन्तुष्ट नहीं होती, You always want to be elsewhere than where you are and you do not know where you want to be– "

सुधीर गुस्से में उठा...पास पड़े फ़ोन को मिलाने लगा। एक दो बार मिलाने के बाद घर से चला गया।

31

सुबह का वक़्त था...सुधीर हॉल में बैठा चाय पी रहा था...और पेपर देख रहा था। तभी दरवाज़े की घंटी बजी। घर की नौकरानी दुर्गा ने जाकर दरवाज़ा खोला...सामने एक आदमी खड़ा था, Driver की सफेद वर्दी पहनकर, उसके हाथ में एक चिट्ठी थी और एक साज़ था...तानपुरा।

चिट्ठी लेकर दुर्गा सुधीर के पास आई। उसे देते हुए कहा–

"सा'ब एक Driver है...टिकट सा'ब ने भेजा है। बोला है।"

"टिकट नहीं दुर्गा...टी.के.।"

दुर्गा हँसकर बोली–

"वही...मेम साहब के लिए भेजा है...कुछ बोलना है ?"

"नहीं..."

दुर्गा वहाँ से दरवाज़े पर गई। सुधीर ने लिफ़ाफ़ा खोला और फिर कुछ सोचकर चिट्ठी अन्दर रख दी। तभी दुर्गा आई...तानपुरा देखकर सुधीर ने कहा–

"उधर रख दो...मेम सा'ब जागीं नहीं अभी.."

"आजकल क्या हो गया है मेम सा'ब को। बहुत देर तक सोती हैं।"

"हाँ...कुछ हो ही गया है...लगता है।"

सीमा उठकर बाहर आई...और दुर्गा को देखकर कहा–

"दुर्गा...चाय लाओ।"

दुर्गा किचन में गई...सीमा ने सुधीर को कहा–

"I don't like you discussing me with the servants."

सुधीर ने कुछ नहीं कहा। सिर्फ़ अख़बार का दूसरा पन्ना पलटा और फिर पूछा–

"ग़रारे करना बिलकुल छोड़ दिया... ?"

जम्हाई लेते हुए सीमा ने जवाब दिया–

"थिएटर ही छोड़ दिया तो...ग़रारे करके क्या होगा ?"

सुधीर ने सीमा की तरफ़ देखा...और पूछा–

"थिएटर छोड़ दिया, मतलब...?"

"रात कह तो दिया...और काम नहीं करूँगी थिएटर में।"

"और 'आधे-अधूरे'...?"

"वो भी किसी को तैयार कर लो तो अच्छा है...शो आ गया तो कर दूँगी। I won't not ditch you."

कुछ देर बाद सुधीर ने कहा–

"ये तानपुरा टी.के. ने भिजवाया है। और ये Letter

भेजा है।"

सीमा ने अपने लहजे को चेंज करते हुए कहा–

"अरे...कल शाम को फ़ोन आया था, एक कैसेट में कुछ ग़ज़लें भर दूँ...कहलाया था तानपुरा भिजवा दूँगा।"

सीमा ने चिट्ठी देखी...ऊपर लिफ़ाफ़े पर सुधीर का नाम देखकर कहा–

"यह तो तुम्हारा नाम है।"

"लिफ़ाफ़ा मेरे नाम है...ख़त तुम्हारे लिए है।"

"क्या लिखा है... ?"

"मैंने पढ़ा नहीं...ख़त पर तुम्हारा नाम देखकर छोड़ दिया।"

"क्यों...पढ़ा क्यों नहीं... ?"

सुधीर चुप रहा...सीमा ख़त पढ़ने लगी, और पढ़कर हँसने लगी, फिर बोली–

"यह दोस्त आपका बहुत दिलचस्प है।"

सुधीर अख़बार पढ़ता रहा। कुछ बोला नहीं, कुछ जवाब नहीं दिया।

32

सुधीर उसी थिएटर में जकड़ा हुआ था। थिएटर छोड़ देने से सीमा के बहुत से बन्धन छूट गए। अब बहुत वक़्त था उसके पास। और सुधीर अभी तक थिएटर के लड़कों के साथ 'आधे-अधूरे' की रिहर्सल कर रहा था।

32.A

सीमा अपने घर पर...एक कैसेट से दूसरे कैसेट पर ग़ज़लें ट्रांसफ़र कर रही थी टी.के. के लिए।

32.B

थिएटर...रिहर्सल...रुख़साना और मोना—एक नई लड़की आई थी जो 'आधे-अधूरे' के किसी सीन को पढ़ रही थी।

32.C

सीमा और टी.के. गाड़ी में घूम रहे थे।

32.D

स्टेज पर सुधीर अपने साथियों के साथ बैठा 'आधे-अधूरे' प्ले के बारे में बातचीत कर रहा था, और एक हिस्सा पढ़कर सुना रहा था।

''हालाँकि जुनेजा, जगमोहन और विश्वजीत के बाद भी आज तक महेन्द्र के साथ ही ज़िन्दगी काटती आ रही है, पर हर दूसरे चौथे साल अपने आप को महेन्द्र से झटक लेने की कोशिश करते हुए। असल बात इतनी है कि महेन्द्र की जगह इनमें से कोई भी आदमी तुम्हारी ज़िन्दगी में होता, तुम यही महसूस करतीं कि तुमने एक ग़लत आदमी से शादी

कर ली है...क्योंकि तुम्हारे लिए जीने का मतलब रहा है, कितना कुछ एक साथ खोकर, कितना कुछ एक साथ पाकर और...और कितना कुछ एक साथ ओढ़कर जीना !''

33

सीमा तैयार होकर कहीं बाहर जा रही थी। तभी टी.के. का फ़ोन आया। सीमा ने बात शुरू की।

''हलो...हाँ...जी हाँ, समझ गई। अब टी.के. का टेक हो गया ? जी हाँ मेरा मेरे पास है। मेरे माथे पर। आती हूँ बाबा, बस निकल ही रही हूँ।''

सीमा ने फ़ोन रखा...दुपट्टा और पर्स लिया। जैसे ही दरवाज़े से बाहर निकली थी कि फ़ोन की घंटी बज गई। सीमा दरवाज़े से फ़ोन उठाने को लौटी ही थी...कि उसका दुपट्टा दरवाज़ों में फँसकर फट गया...सीमा ने फ़ोन उठाया... फ़ोन सुधीर का था।

''हलो...कौन है...? ओह हाँ...नहीं सुधीर मैं नहीं आ सकती, मैं बाहर जा रही हूँ। नहीं तीन-चार घंटे में लौटूँगी। अच्छा।''

ग़ुस्से में फ़ोन रखा...और फटे हुए दुपट्टे को देखते हुए बाहर चली गई।

33.A

'आधे-अधूरे' के एक दूसरे हिस्से की रिहर्सल हो रही थी। महेन्द्र हिदायत दे रहा था और

अदाकार अपने मकाले कह रहे थे। स्त्री अपने शौहर से कह रही थी–

''आप समझते हैं आपको मुझसे जो भी चाहें पूछने का हक़ है ?''

''न सही–पर मैं बिना पूछे भी बता सकता हूँ कि क्या बात हुई होगी। तुमने कहा कि तुम बहुत दुखी हो आज–उसने कहा उसे बहुत हमदर्दी है तुमसे। तुमने कहा जैसे भी हो अब इस घर से तुम छुटकारा पा लेना चाहती हो–उसने कहा कितना अच्छा होता अगर इस फ़ैसले पर कुछ साल पहले...''

''(बात काटकर) बस बस...सबके सब...एक से। बिलकुल एक से, अलग-अलग मुखौटे, पर चेहरा एक ही...सबका एक ही।''

''(बात काटकर) फिर भी तुम्हें लगता रहा कि तुम चुनाव कर सकती हो...!''

33.B

सीमा और टी.के. ...हँसते हुए, मुस्कुराते हुए गाड़ी में जा रहे थे...सीमा कुछ गुनगुना रही थी–

ख़ामोश सा अफ़साना
पानी से लिखा होता
न तुम ने कहा होता
न हम ने सुना होता।

34

शाम हो चुकी थी। सड़क के किनारे सुधीर खड़ा Taxi का इन्तज़ार कर रहा था। तभी उसकी पत्नी सीमा और दोस्त टी. के. कार में उसके सामने से गुज़र गए।

35

घर आकर, सुधीर खिड़की पर खड़ा ढलते सूरज को देख रहा था। पास रखी चाय ठंडी हो चुकी थी। दुर्गा हॉल में आई। सुधीर को उदास मन से खिड़की पर खड़े देखकर बहुत नरम लहजे में पूछा–

''ये क्या...? चाय तो ठंडी हो गई सा'ब...!''

सुधीर खिड़की की तरफ़ मुँह किए खड़ा था, धीरे-से दुर्गा के सवाल का जवाब दिया–

''हाँ...दूसरी बना दो।''

दुर्गा वहीं खड़ी रही और कुछ सोचकर बोली–

''आप बहुत काम करते हैं सा'ब।''

सुधीर कुछ बोला नहीं।

''घर पे तो कुछ टाइम देना चाहिए न सा'ब, घर-बार नहीं देखने से कैसे चलेगा...?''

सुधीर ने वक़्फ़ा लिया।

''हूँ...!''

दुर्गा वहीं खड़ी रही, कुछ और भी कहना चाहती थी।

''साब...मैं...अगले महीने से गाँव जा रही हूँ। मैंने मेम साहब से कहा था लेकिन...''

"...जाओ चाय बना लाओ।"

दुर्गा चाय बनाने के लिए किचन में गई...सुधीर बाथरूम की तरफ़ गया मुँह धोने के लिए और फिर हॉल में आया। तभी दरवाज़ा खोला, सीमा और टी.के. हँसते हुए घर में आए। सुधीर ने टी.के. को देखकर wish किया।

"हलो...टी.के...!"

"हलो सुधीर, कैसे हो ? तुम तो बहुत ही बिज़ी हो प्ले में। आज कितने दिन हो गए सीमा से पूछा, मालूम हुआ तुम्हें फ़ुर्सत ही नहीं।"

सुधीर ने हल्के से मुस्कुरा के कहा–

"बैठो न...दुर्गा...दो चाय और बना लेना, चाय पियोगे ना... ?"

"हूँ...?"

"बैठो सीमा।"

सीमा सुधीर को घर में देखकर घबरा गई थी जैसे किसी ने उसे चोरी करते हुए पकड़ लिया हो...सोफ़े पर बैठकर कोई मैगज़ीन देखने लगी।

टी.के. ने सुधीर से पूछा–

"कौन से ड्रामे में बिज़ी हो... ?"

"एक पर्सनल से ड्रामे में ज़्यादा बिज़ी हूँ।"

"मतलब...?"

यह सुनकर सीमा ने सुधीर को देखा। फिर टी.के. को...सुधीर ने कहना शुरू किया–

"ड्रामा कुछ और लोगों का है। लेकिन मैं ख़ामख़ाह बीच में पड़ गया हूँ।"

"वो कैसे...?"

"हमारे यहाँ...(सीमा की तरफ़ देखा) वो हैं ना... मिस्टर मुखर्जी।"

"मुखजी कौन...?"

"हैं ! तुम मिली हो...शायद याद नहीं, मुखर्जी में याद रखने जैसा कुछ...पता नहीं, है भी कि नहीं, लेकिन उसकी पत्नी के लिए, अक्सर याद रह जाता है लोगों के। बड़ी talented और talent से ज़्यादा खूबसूरत है। ज़ाहिर है कि लोग उसकी तरफ़ देखते हैं, तवज्जो देते हैं, Attract होते हैं और यह इश्क़ कमबख़्त, ऐसी चीज़ है, औरत हो या मर्द, पाँव तले से ज़मीन खींच लेती है, बड़ी तसल्ली होती है Ego की, आदमी समझता है बस इश्क़ ही इश्क़ में ज़िन्दगी है। बाक़ी सब तो फ़न, Art, Talent, सब सजावट की चीज़ें हैं ! बहरहाल मि. मुखर्जी का Problem है उनकी पत्नी। वो किसी के इश्क़ में पड़ गई हैं, या कोई है जो उनके इश्क़ में पड़ गया है।"

सुधीर कहते-कहते रुक गया...सीमा को ये सब सुनना अच्छा नहीं लग रहा था। उसने पूछा—

"तो...? प्रोब्लम क्या है...?"

"तुम्हें नज़र नहीं आता ?"

"नहीं...मतलब...समझ में आता है लेकिन...अगर वो दोनों सचमुच प्यार करते हैं तो ?"

सुधीर ने बात काट दी।

"ओह नो...तुम लड़की का प्रोब्लम देख रही हो। मैं मि. मुखर्जी के प्रोब्लम की बात कर रहा हूँ।"

"उनका क्या प्रोब्लम है इसमें...?"

"ओह...तुम्हारा मतलब है उनका कुछ है ही नहीं...?"

सुधीर ने सीमा की तरफ़ देखकर फिर कहा—

"उनका प्रोब्लम ये है कि...उन्हें मालूम हो गया है और जानने के बाद आदमी...मतलब मुखर्जी, क्या करें, उस पत्नी का...? चुप रहें...? देखते रहें...होने दें...जो हो रहा है ?"

टी.के. अभी तक चुप था। कुछ सोचकर बोला–

"मुखर्जी क्या चाहते हैं... ?"

"चाहते क्या हैं वो छोड़ो...क्या करना चाहिए उन्हें...?"

टी.के. ने समझदारी से जवाब दिया–

"ज़ाहिर है अगर पत्नी उनके साथ नहीं रहना चाहती, तो उन्हें ज़बरदस्ती करने का कोई हक़ नहीं...आख़िर अपना बुरा-भला तो वो भी समझती होगी।"

"हाँ...समझना तो चाहिए, सिर्फ़ ये कि क्या वो जानती है कि जिसे प्यार करती है वो...सचमुच प्यार ही करती है कि सिर्फ़ यूँ ही उन्स में नहीं पड़ गई। ख़ामख़ाह का Infatuation नहीं है जिसे वो प्यार समझ बैठी है।"

सीमा ने दिल के चोर को छुपाया।

"आख़िर शादीशुदा औरत है, ...क्या इतना नहीं समझती होगी। इतनी Mature नहीं होगी कि..."

सीमा की बात काटकर सुधीर बोला–

"इतनी Mature हो तुम ? इतना समझती हो कि जिस राह पर जा रही हो, जिसके साथ हो, वो झूठ-मूठ का कोई ड्रामा तो नहीं कर रहा ?"

यह सुनकर टी.के. जाने के लिए खड़ा हो गया...सुधीर ने डाँट दिया–

"बैठ जाओ टी.के. ...तुम भी कोई बच्चे नहीं हो, बैठ जाओ। तुम जानते हो मैं क्या कह रहा हूँ।"

यह सुनकर टी.के. बैठ गया और सुधीर ने टी.के. से कहा–

"देखो टी.के., इन रिश्तों में कानूनी और ग़ैर कानूनी कुछ नहीं होता। Law has nothing to do with it. हम ख़ामख़ाह इन रिश्तों पर सरकारी मोहर लगाने की कोशिश करते रहते हैं। आज तक कोई किसी जाते को नहीं रोक सका...और न कोई आते को थाम सका है।''

सुधीर एक पल को चुप रहा...और फिर बोलना शुरू किया–

''और मैं...मैं यह कैंसर लेकर नहीं घूमना चाहता।''

एक वक्फ़े के बाद फिर कहा–

''हम तीनों ही अपना बुरा-भला खूब समझते हैं। तुमने ठीक ही कहा है कि अगर सीमा मेरे साथ नहीं रहना चाहती, तो मुझे कोई ज़बरदस्ती नहीं करनी चाहिए। मैं नहीं करूँगा लेकिन...''

सुधीर खड़ा हो गया...उसका गला रुँधने लगा।

''लेकिन...मैं इसे रास्ते पर नहीं छोड़ सकता। मैं तुम्हारा फ़ैसला जानना चाहता हूँ...तुम दोनों का फ़ैसला जानना चाहता हूँ। तुम दोनों अगर फ्लर्ट नहीं कर रहे, एक दूसरे को धोखा नहीं दे रहे, तो हाथ पकड़ो और इस घर से बाहर निकल जाओ–इसी वक़्त ! झूठ-मूठ के–न मैंने रखे हैं ज़िन्दगी में और न आईन्दा...''

यह कहते-कहते सुधीर का गला भर आया। तभी पास पड़े फ़ोन की घंटी बजने लगी। ग़ुस्से में सुधीर ने फ़ोन को लात मार के फेंक दिया।

फ़ेड आउट

36

वक़्त ने एक बहुत लम्बी जमाई ली, और अगले पड़ाव पे पहुँचा। समन्दर के बीच में तेज़

चलनेवाली मोटर बोट को सीमा चला रही थी। उसके पूरे पहनावे में बदलाव आ चुका था। जीन्स, टी-शर्ट और आँखों पे काला चश्मा, बाल कन्धों तक कटे हुए...एक मॉडर्न औरत की शकल। एक ड्रायवर फुल ड्रेस में पास खड़ा था। सीमा ने कहा–

"अब्दुल, लो सँभालो अपनी मोटर बोट !"

अब्दुल ने अपने हाथ की घड़ी दिखाई सीमा को और बताया–

"ये देखिए मेम साहब ! सोने की है।"

"अच्छा...? कहाँ से ली...?"

"साहब ने शादी का प्रेज़ंट दिया है।"

"अरे शादी मुझसे की और तोहफ़ा तुमको दे दिया, तुम्हारे साहब ने...साहब तो बड़े बेईमान हैं।"

अब्दुल हँसने लगा।

"क्या बोलती हैं मेम साहब !"

सीमा डेक पे...टहलती हुई टी.के. के पास पहुँची जो बियर पी रहा था, और किताब पढ़ रहा था। सीमा उसके पास पहुँची और कहा–

"क्या टी.के. साहब...? आप तो बड़े बेईमान हैं...शादी हमने बनाई और प्रेज़ंट आपने अब्दुल को दे दिया !"

टी.के. ने बियर ऑफ़र की सीमा को। सीमा ने एक सिप बियर पी। उसके झाग से सीमा की मूँछें बन गईं और वह उसको ज़बान से चाटने लगीं। यह देखकर टी.के. ने कहा–

"ऐसे ज़बान से मत चाटा करो।"

"क्यों... ? क्या होता है ?"

"तुम्हें नहीं ! उससे मुझे कुछ होने लगता है।"

सीमा ने सताने के लिए आँख मारते हुए पूछा–

“क्या... ?”

“बताऊँ...”

“हूँ...”

टी.के. ने उसे अपनी तरफ़ घसीटा...सीमा ने कहा–

“कुछ तो शरम करो...सब देख रहे हैं।”

“सब कौन...? पंख-पखेरू, या मच्छी ?”

समन्दर में बड़ी-बड़ी Fishing करने वाले ट्रोनज़र आ रही थीं...टी.के. ने सीमा को बताया–
इस बोट के बारे में...उन लोगों के बारे में।

“ये लोग आठ-आठ, दस-दस दिन रहते हैं समन्दर में।”

“तुम भी रहते हो... ?”

“हाँ ! मैं तो दो, तीन-तीन हफ़्ते रह जाता हूँ, I love sea.”

“मैं रह सकती हूँ... ?”

“हाँ, लेकिन रात की रात में बोर हो जाओगी। चौबीस घंटे एक ही आवाज़...एक ही बू और एक ही तरह सीला सीला सब। नमक चिपकने लगता है जिस्म से...शायद तुम्हारे लिए अच्छा हो !”

“वो क्यों... ?”

टी.के. ने सीमा को आग़ोश में भर लिया।

“तुम और नमकीन लगोगी !”

सीमा ने लाड़ में कहा–

“मारूँगी...मांसख़ोर कहीं के... ! !”

मोटर बोट समन्दर में दूर चली जा रही थी।
साहिल से दूर–बहुत दूर तक नज़र आती रही।

37

समन्दर में सीमा कुछ गुनगुनाने लगी थी। फिर ख़ुद ही चुप हो गई। टी.के. ने कहा—

"सुनाओ न...चुप क्यों हो गईं।"

सीमा वही बोल गुनगुनाई। एक पल को उसकी आँखें नम हो गईं।

सीली हवा छू गई
सीला बदन छिल गया
तुमसे मिली जो ज़िन्दगी
हमने अभी बोई नहीं
तेरे सिवा कोई न था
तेरे सिवा कोई नहीं
सीली हवा छू गई—

वह फिर चुप हो गई...सीमा की भीगी हुई आँखें देखकर टी.के. ने पूछ लिया—

"सुधीर का ख़याल आ गया...?"

नीचे देखते हुए सीमा ने 'हाँ' में सिर हिला दिया। टी.के. ने कहा—

"इसीलिए शादी के बाद ही तुम्हें लेकर यहाँ चला आया था। जानता था, वहाँ रहे तो बार-बार याद आएगा।"

सीमा रो पड़ी...कुछ याद करके।

"अतीत बुरा हो सीमा, तो आदमी गर्द की तरह झाड़ दे। ख़त्म कर दे। लेकिन...सुधीर तो दोस्त था न। मुझ पर अन्धविश्वास था उसे।"

सीमा ने टी.के. की तरफ़ देखा।

"जो हुआ उसका अफ़सोस नहीं है मुझे। तुमसे सचमुच बहुत प्यार करता हूँ...सिर्फ़ यह कि एक दोस्त के यहाँ न होतीं तो अच्छा होता।"

टी.के. ने सीमा को अपने क़रीब करते हुए कहा–

"हालाँकि जहाँ भी होतीं...मैं तो यही करता... !"

सीमा ने टी.के. की आग़ोश में अपने आपको छिपा लिया।

38

सीमा अपने नए घर में आकर उसकी सजावट कर रही थी। नौकरों को समझा रही थी। टी.के. ऑफ़िस जाने को तैयार था। सीमा ने टी.के. से कहा–

"Now, the carpets matchs the curtains."

टी.के. ने जवाब दिया–

"No, I think the curtains matchs the carpets."

सीमा ने नौकर को कहा–

"चलो...अब तुम लोग फ़र्नीचर वापस वहीं लगा दो।"

टी.के. ने कहा–

"मैं तो चला मच्छी बाज़ार और आप...?"

"मैं ड्राइविंग सीखने जाऊँगी।"

"एक काम कीजिए...ड्राइविंग सिखाने का मौक़ा हमें दे दीजिए और लाइसेंस स्कूल से ले देंगे।"

"O.K. Done."

"डन, डना डन, डन...डना डन।"

टी.के. हँसते-गाते हुए अपनी कार में बँगले से बाहर चला गया। सीमा हँसती हुई घर में आई।

39

सड़क पर एक गाड़ी हिचकोले खाती चली जा रही थी। टी.के. सीमा को कार चलाना सिखा रहा था। कार में म्यूज़िक का टेप चल रहा था।

"देखिए डार्लिंग, आप तबले की Rhythm पर मत चलाइए गाड़ी। वायलिन को follow कीजिए।"

कार Top Gear में चलते-चलते हिचकोले लेकर रुक गई। सीमा ने कहा—

"ख़ुद तो गड़बड़ की थी। हटिए।"

वो फिर स्टार्ट करने लगी।

39.A

टी.के. और सीमा ने होटल में डिनर ख़त्म किया, वेटर बिल लेकर आया। सीमा ने बिल देने के लिए अपना पर्स खोला...अन्दर से उसके पास वही चाबी निकल आई जो सुधीर के घर की थी। चाबी और उसका Key Chain देखने लगी। टी.के. ने पूछा—

"क्या हुआ...?"

चाबी रखते हुए सीमा उदास हो गई।

"कुछ नहीं...!"

"जब तुम इस तरह 'कुछ नहीं' कहती हो, बहुत अकेला लगता है।"

40

सुबह-सुबह सीमा की आँख खुली तो एक आवाज़ सुनकर वह बेचैन हो गई। कोई ग़रारे कर रहा था। लपककर बाथरूम में पहुँची तो देखा टी.के. ग़रारे कर रहा था। सीमा ने दरवाज़े से ही पूछा–

''यह क्या कर रहे हो... ?''

टी.के. ने ग़रारे करते हुए इशारा किया–

''देख तो रही हो...''

सीमा ने फिर पूछा–

''क्या रोज़ करते हो ?''

टी.के. ने गर्दन हिलाकर न कहा, और इशारे से बताया कि गला ख़राब है। सीमा ने पलटकर आवाज़ दी–

''दुर्गा...''

और फ़ौरन ही...उसे अपनी ग़लती का एहसास हो गया कि गलत नाम से पुकार बैठी थी। लेकिन टी.के. मौका से चूका नहीं और हँसते हुए कहा–

''Habits die hard, my dear.''

''इसमें इतना हँसने की क्या बात है...? ग़लती तो हो जाती है इंसान से।''

''भूल हो गई तो क्या हो गया...? भूल हो जाए तो हँस लेना चाहिए...मुँह थोड़ा ही फुला लिया करते हैं।''

घर का नौकर आया जिसका नाम जोगिन्दर सिंह था। उसको देखकर टी.के. ने कहा–

''अरे जोगिन्दर सिंह...तेरा नाम दुर्गादास रख दें तो कैसा हो...?''

सीमा तुरन्त ही बोली–

''Stop it now. जाओ चाय लेकर आओ जोगिन्दर सिंह।''

टी.के. ने देखा सीमा नाराज़ होकर सोफ़े के दूसरे कोने में बैठ गई। टी.के. भी आकर उसके क़रीब बैठ गया।

''क्या बात है, ऐसे रूठ क्यों रही हो हमसे...?''

''शर्म भी नहीं आती, नौकरों के सामने मज़ाक करते हुए।''

''मज़ाक ही तो किया है।''

टी.के. खाँस रहा था, गला ख़राब था।

''दवा क्यों नहीं लेते...सुबह से खाँस रहे हो।''

''तो दीजिए...क्या दवा दे सकती हैं आप...?''

''मैं डॉक्टर साहब से कहती हूँ आके देख जाएँगे।''

सीमा उठी फ़ोन करने के लिए। सीमा ने डायल किया डॉक्टर का नम्बर।

''हलो...हलो डॉक्टर साहब।''

पास ही घर का नौकर आकर खड़ा हो गया और पूछने लगा। दूसरी तरफ़ सीमा फ़ोन पर बात कर रही थी।

''चाय बनाऊँ...''

''डॉक्टर साब, मैं सीमा।''

''चाय बनाऊँ क्या मेम साहब ?''

''जा बना दे, डॉक्टर साहब इन्हें बहुत खाँसी है, कोई सिरप बताइए अगर...''

''शूगर डाल दूँ मेम साहब ?''

''जी हाँ आज सुबह से ही...हाँ एक चम्मच।''

''क्यूब हैं, दो डाल दूँ।''

''ओ हो...उफ़ !''

''मैं उधर ही जा रहा हूँ, रास्ते में देखता जाऊँगा।''

"जी अच्छा !"

सीमा ने फ़ोन रखा और गुस्से में जोगिन्दर को डाँटा–

"एक मिनट रुक नहीं सकता। देखता नहीं फ़ोन पर बात कर रही थी।"

"सॉरी मेम साहब।"

"अन्दर आओ...साहब से पूछो, चाय चाहिए...?"

नौकर चला गया।

41

सुधीर का घर, दुर्गा नौकरानी ने घंटी की आवाज़ सुनकर दरवाज़ा खोला तो सामने एक छोटा-सा बक्सा लिये डॉक्टर सामने खड़े थे।

"साहब कहाँ हैं दुर्गा... ?"

दुर्गा ने पहचान कर कहा–

"आइए डॉक्टर सा'ब...आइए।"

दूसरे कमरे से सुधीर गले में मफ़लर बाँधे खाँसता हुआ आ गया।

"आइए डॉक्टर साहब...आप यहाँ कैसे...?"

"तुम्हारी खाँसी सुनकर आ गया भई...बड़ी दूर तक सुनाई दे रही थी।"

"बैठिए न !..."

दोनों पास के सोफ़े पर बैठ गए।

"सच सच बताइए, आप कैसे आ गए अचानक... ?"

"सीमा ने फ़ोन किया था भई...बहुत खाँसी है देख जाइए...तुम्हें न सही, उसे तो ख़याल रहता है तुम्हारा।"

सुधीर कुछ समझ नहीं पाया। डॉक्टर अपना बैग खोलने लगा।

"कहाँ है...? सीमा कहाँ है... ?"

सुधीर ने बहाना किया।

"वह जरा...बाहर गई है।"

"लाओ...गला देखें...आऽऽ करो....आऽऽऽऽ-"

डॉक्टर सुधीर का गला देखने लगे, और बैठकर पैड पर कुछ लिखने और बताने भी लगे।

"ख़ास कुछ नहीं...लेकिन तकलीफ़ वही है।"

"क्या...?"

"टॉन्सिल्ज़ ! कई साल हो गए तुम्हें कहते, निकलवा दो, दस मिनट का ऑपरेशन है। पता भी नहीं चलेगा, और ऊपर से खाने को आईसक्रीम मिलेगी...क्यों...?"

"सीमा से कहूँगा...ऑपरेशन करवा दो।"

"किसका भला (हँसकर)...? उसका नहीं, तुम्हारा...!"

"वही कहूँगा...अपने पति के टॉन्सिल्ज़ का ऑपरेशन करवा दो। सीमा की मर्ज़ी के बग़ैर तो आप जानते हैं, उसके पति कुछ नहीं कर सकते...गला भी नहीं कटवा सकते।"

यह कहकर सुधीर थोड़ा-सा हँसा। डॉक्टर ने दवाई का पर्चा दिया और कहा—

"ऐसे henpecked तो तुम नज़र नहीं आते। ये लो...ये सिरप मँगवा लेना, पहले भी दिया था, सीमा को मालूम है।"

डॉक्टर ने अपना बॉक्स बन्द किया।

42

सीमा अपनी नई कार से डॉक्टर की डिस्पेन्सरी पर पहुँची। आँखों पर बड़ा-सा चश्मा, बिलकुल मॉडर्न लिबास, लगता नहीं कि वही सीमा है।

डॉक्टर से मिली...डॉक्टर उसको देखता रह गया, फिर पूछा–

''तुम...? यह तुम्हीं हो...?''

सीमा थोड़ी झेंप सी गई लेकिन अपने आपको सँभालते हुए पूछा–''क्या हुआ डॉक्टर साहब...? मैं क्या...? ओह ! मुझे कभी जीन्स में नहीं देखा न आपने इसलिए...''

''हाँ...ये बाल भी...कुछ और ही लग रही हो।''

और डॉक्टर ने हँसते हुए कहा–

''भई कुछ भी कहो...सुधीर की बीवी नहीं लगतीं तुम !''

सीमा एक पल को घबरा गई।

''बैठो...''

सीमा ख़ामोश सी बैठ गई। और पूछा।

''मैंने फोन किया था डॉक्टर साहब...सुबह–''

बीच ही में बोल पड़े।

''मैं गया था भई...देखकर आया...उसने बताया ही होगा, टॉन्सिल्ज़ का बड़ा पुराना प्रोब्लम है उसका...बार-बार इस तरह Septic हो जाना अच्छा नहीं। ऑपरेशन करवा दो।''

सीमा समझ गई, ग़लती हो गई, और कैसे हो गई।

''तो करवा दीजिए ना...आप कहिए उनसे।''

''मैं...और कैसे कहूँ ? तुम कहो उससे, वो तो

(हँसकर) एक्टर आदमी है ना, कहता है, सीमा कह दे तो गला कटवा दें, टॉन्सिल्ज़ क्या चीज़ हैं।''

यह सुनकर सीमा की आँखें भर आईं और उसने आँसुओं को छिपाने के लिए चश्मा आँखों पर कर लिया जो उसके माथे पर लगा हुआ था।

''कहो तो मैं डॉ. गोदरे से अप्यान्टमेंट लेकर दिन फ़िक्स करवा देता हूँ।''

सीमा खड़ी हो गई जाने के लिए। फिर कहने लगी–

''मैं...मैं पूछ के फ़ोन कर दूँगी।''

सीमा की आँखों से आँसू बह निकले। सीमा वहाँ से चली गई। डॉक्टर समझ नहीं पाया।

43

टी.के. का बँगला, सीमा फ़ोन के पास बैठी थी, उसकी आँखें नम थीं। सीमा ने सुधीर का फ़ोन नम्बर घुमाया...दूसरी तरफ़ सुधीर ने टेलीफ़ोन उठाया। सुधीर खाँस रहा था।

''हलो...हलो...(खाँसी की आवाज़) ह...लो...''

सुधीर खाँसता रहा।

सीमा सब सुन रही थी, उसने फ़ोन रख दिया। तभी उसको टी.के. के खाँसने की आवाज़ आई...वो घर लौट रहा था।

''सीमा, सीमा...''

सीमा टी.के. के पास आई।

''यह देखो, क्या लाया तुम्हारे लिए।''

टी.के. ने अपने ब्रीफ़केस से एक प्रेज़ंट निकाला

और सीमा को दिया। और साथ ही पूछा–

"और मेरे डॉक्टर का क्या हुआ भई...वो तो आया ही नहीं।"

सीमा ने दवाई दिखाते हुए कहा–

"यह है आपकी 'बेनेडरिल' और ये टेबलेट।"

"लिस्टरीन भी ले आतीं, ग़रारे करने के लिए।"

"कोई ज़रूरत नहीं ग़रारे की, यह दवा काफ़ी है।"

"जो हुक्म...!"

"जी हाँ... कहने को तो सब मेरे ही हुक्म से चलता है, आप लोग जो हैं न..."

"ये लोग कौन हैं भई...मेरे साथ और किस ग़रीब को शामिल कर रही हो... ?"

सीमा ने टी.के. की तरफ़ देखा।

"क्यों मर्द लोगों की ज़ात से कोई शिकायत है आपको ?"

"जी नहीं, चुपचाप बैठ जाइए, मैं चाय के लिए कहके आती हूँ।"

सीमा वहाँ से चली गई, तो पास रखी दवा की शीशी टी.के. खोलने लगा, लेकिन खोलने में हाथ सटक गया, और शीशी उसके हाथ से गिरकर टूट गई, और Carpet ख़राब हो गया। सीमा आवाज़ सुन तेज़ी से अन्दर आई।

"क्या हुआ...?"

"आई एम सॉरी डार्लिंग...बोतल तो तोड़ी, आपकी Carpet भी ख़राब कर दी मैंने।"

टी.के. रूमाल से अँगूठे को पकड़े बैठा था, जिससे ख़ून निकल रहा था।

"क्या ख़ून निकल आया।"

"ओफ़्फ़ोह..."

"I am very sory, I am very clumsy. और तुम

साड़ी मत फाड़ना प्लीज़।''

सीमा ने रूमाल को उसके अँगूठे पर कस के बाँध दिया। टी.के. ने दर्द से आह भरी। सीमा रूमाल पकड़ के ख़ून रोकने की कोशिश करने लगी।

44

फ़्लैश बैक

सुधीर के अँगूठे से ख़ून निकल रहा था, और वो सीमा से मज़ाक कर रहा था—

''ये खून तेरी माँग में भर के शपथ लेता हूँ कि तेरे लिए अपना जीवन बलिदान कर दूँगा और तेरे प्रेम...''

सीमा सुधीर के अँगूठे पर पट्टी बाँध रही थी।

''अच्छा अब ड्रामा मत करो...हाथ बाँधने दो।''

सीमा पट्टी को ठीक से बाँध रही थी, और सुधीर मज़ाक में कह रहा था—

''तुमने अपने आँचल का किनारा फाड़ दिया प्रिये।''

सीमा ने कसकर पट्टी बाँध दी।

45

अब सीमा टी.के. के हाथ पर पट्टी बाँध रही थी, पट्टी ज़रा कसकर बाँधी कि टी.के. बोला—

''उफ़ ! आहिस्ता डार्लिंग, मुझे तुम्हारी हमदर्दी की

सख्त ज़रूरत है।''

जोगिन्दर चाय लेकर आया और पास खड़ा हो गया। और टी.के. का दर्द समझकर उसके मुँह से निकला–

''उई...''

सीमा ने चौंक कर सिर उठाया।

''तुझे क्या हुआ...? यह काँच उठा दो, और गीले कपड़े से Carpet साफ़ कर दो।''

टी.के. भी कुछ न समझा।

''तुझे कुछ हुआ... ?''

''नहीं...''

जोगिन्दर Carpet साफ़ करने लगा।

46

शॉपिंग मॉल के सामने खड़ा सुधीर किसी ख़ाली टैक्सी का इन्तज़ार कर रहा था। तभी सीमा उसी शॉपिंग मॉल के सामने टैक्सी से उतरी, अचानक आमना-सामना हो गया। दोनों ने एक-दूसरे को हलो किया। सीमा ने सौ का नोट दिया टैक्सीवाले को, उसके पास चेंज नहीं था।

''चेंज नहीं है मेम साहब...''

''तो...वेट करोगे ?''

''ग्राहक खड़ा है मेम साहब।''

''चेंज, अब मैं...कितना है... ?''

''पाँच चालीस...जल्दी करो मेम साहब...टैक्सी में बैठो तो घर से चेंज ले लिया करो...''

यकलख़्त ही सुधीर ने डाँट दिया !

''ए...ज्यादा बात मत करो... !''

सीमा संकोच में पड़ गई।

“रहने दो, मैं दे दूँगा।”

सुधीर टैक्सी में बैठ गया।

“चलो, रहने दो, मीटर...”

और ड्राइवर को मना किया, मीटर ऊपर करने के लिए। सुधीर उसी टैक्सी में बैठकर चला गया।

47

कुछ दिन बाद की बात है। फ़ारूक़ सीमा से मिलने आया था, टी.के. के घर पे। उसे दरवाज़े पर ही घर का नौकर मिल गया।

“मेम साहब हैं...? सीमा मेम साहब।”

“आप बैठिए साहब। मैं बुलाता हूँ...क्या बोलूँ साहब...?”

“फ़ारूक़ नाम है मेरा...फ़ारूक़।”

तभी सीमा आ गई।

“इतना गाढ़ा कैसे हो गया तुम्हारा नाम ? ‘क़’ पर क्यों इतना ज़ोर दे रहे हो।”

“नमस्ते भाभी।”

सीमा ने फ़ारूक़ को बाँह से पकड़कर घर के अन्दर लिया। सोफ़े पर बैठने को कहा–

“बैठो...कैसे भूल पड़े इधर ?”

“एक ख़बर देने आया था।”

“शादी कर रहे हो... ?”

“आपको कैसे मालूम... ?”

फ़ारूक़ का चेहरा लाल हो गया।

“तुम्हारी शक्ल पर लिखा है...मुबारक हो।”

"आप आएँगी न भाभी... ?"
"ज़रूर आऊँगी।"
"देखिए...जैसे दादा ने 'आधे-अधूरे' आपके बग़ैर कैंसिल कर दिया है, मैं आपके बग़ैर शादी भी कैंसिल कर दूँगा।"
" 'आधे-अधूरे' क्यों कैंसिल कर दिया...?"
"और क्या भला ?...बिमला और कौन करेगा आपके बग़ैर...?"
"रुख़साना भी तो कर सकती थी...? कोई और वजह होगी, मेरे लिए कैंसिल नहीं करनेवाले तुम्हारे दादा, और मैंने...काम करने से थोड़े ही इनकार किया था।"
"क्या कह रही हैं आप...?"
"और क्या...? पूछ लो उनसे ! मैंने आने से पहले भी कहा था, जब तक दूसरा कोई आर्टिस्ट तैयार नहीं होता, मैं कर दूँगी।"

फ़ारूक़ ने इत्मीनान से पूछा–

"भाभी...सचमुच बताइए...आप करेंगी ?"
"हाँ ! क्यों नहीं..."
"तो मैं दादा से कहूँ... ?"
"पूछ लो उनसे... !"

फ़ारूक़ .ख़ुश हो गया।

"ठीक है, कल परसों में ऑपरेशन है उनका, मैं कहता हूँ ठीक होते ही 'आधे-अधूरे' की रिहर्सल शुरू करने के लिए।"
"ऑपरेशन...?"
"हाँ...वही टॉन्सिल्ज़ ! मामूली ऑपरेशन है, लेकिन Septic होने से बहुत ख़राब हालत हो गई है दादा की। बिलकुल आवाज़ नहीं निकल रही...और आज तो बुख़ार भी तेज़ हो गया था। लेकिन घबराने की

कोई बात नहीं भाभी, ठीक हो जाएँगे। डॉ. गुप्ता आज भी देखकर गए थे।''

फ़ारूक़ चला गया...सीमा चुप ख़ामोश बैठी रही।

48

रात का वक़्त था। सीमा शीशे के सामने खड़ी अपने बालों को देख रही थी। टी.के. सीमा के क़रीब आया और उसके पीछे खड़ा हो गया। सीमा ने बालों के बारे में कहा–

''बाल...कुछ ज़्यादा छोटे नहीं हो गए...?''

''हूँ...ऊँ...? तुम्हें क्या लगता है।''

''लगता है, कुछ ज़्यादा छोटे हो गए।''

''तो बड़े कर देता हूँ।''

टी.के. ने मज़ाक में सीमा को पकड़ते हुए कहा।

''आप कर देंगे.. ?''

''हूँ...''

''वह कैसे...''

''एक रास्ता है।''

''क्या...?''

टी.के. ने सीमा को अपने क़रीब करते हुए कहा–

''मेरे साथ हनीमून पर चलो।''

''फिर से...''

''क्या हर्ज है... ?''

''कहाँ जा रहे हो... ?''

''कोचीन जाना है, कुछ काम है।''

''तो यूँ कहो न...बिज़नेस पे जाना है, हनीमून क्यों

कहते हो...?"

"हनीमून ही तो होता है, जब बीवी के साथ बाहर जाओ।"

"वह एक ही बार होता है शादी के बाद।"

सीमा वहाँ से हटकर अलमारी के पास गई।

"जी नहीं, बाल-बच्चा होने से पहले जितनी बार जाओ वो वही होता है। और हो सकता है इस बार वापस आते-आते..."

सीमा फिर से टी.के. के क़रीब आई...टी.के. कहता रहा–

"मैं बाप ही बन जाऊँ।"

"मुझे नहीं जाना।"

"अच्छा बाप नहीं बनूँ, तो चलोगी ?"

"कहा न मुझे कोचीन जाकर बोर नहीं होना।"

"लो, तुम्हें तो बहुत अच्छा लगा था कोचीन...?"

"एक बार ना, बार-बार वही जगह थोड़े ही अच्छी लगती है।"

"तो यहाँ क्या करोगी अकेली...?"

"वहाँ भी क्या करूँगी...? आप जाओ, कब जाना है...?"

"कल सुबह !"

"ओ...तो पैकिंग भी करनी पड़ेगी।"

"वह सुबह हो जाएगी। दस बजे की Flight है। बहुत टाइम मिलेगा।"

कुछ सोचकर सीमा से कहा–

"तुम कुछ कहो न..."

"क्या कहूँ...?"

"कुछ भी..."

"कुछ भी का क्या मतलब...?"

"कुछ भी जिस पे मैं कह सहूँ...मेरे आधे ठेंगे से।"

उसने अपना ज़ख़्मी अँगूठा दिखाया। सीमा टी.के. को मारने चली और टी.के. हँसकर भागा।

49

सुधीर खाँस रहा था। घर की नौकरानी दुर्गा चाय लेकर आई, साथ में एक प्लेट में दो बिस्कुट थे। दुर्गा वहीं चाय रखकर खड़ी हो गई। सुधीर ने दुर्गा की तरफ़ देखा। उसको महसूस हुआ कि वह कुछ कहना चाह रही थी।

"मुझे जाना है सा'ब, मैं...चली जाऊँ...?"

"हाँ...मैंने तो कहा था, चली जाओ।"

"आप बीमार थे न...इसलिए सा'ब।"

"मामूली Infection है, ठीक हो जाएगा, तुम चली जाओ।"

"मैंने सुना है...ऑपरेशन करेंगे।"

"हाँ...! टॉन्सिल्ज़ का ऑपरेशन है, वह कोई मुश्किल नहीं होता।"

दुर्गा अभी भी खड़ी थी। सुधीर अख़बार पढ़ रहा था। सुधीर ने ऊपर देखा।

"क्या हुआ दुर्गा...?"

"सा'ब...एक बार माफ़ कर दो मेम सा'ब को। आप जा के ले आओ उनको।"

"पागल हो गई हो दुर्गा...वह शादी कर चुकी है। अब दूसरे की बीवी है वह।"

"तो क्या हुआ सा'ब...? आपकी भी तो बीवी थी जब..."

दुर्गा की आँखें भर आईं।

"मेम सा'ब बहुत अच्छी हैं, उस आदमी ने सब..."

कहते-कहते दुर्गा का गला भर आया।

"अच्छा तुम जाओ अभी।"

तभी दरवाज़े की घंटी बजी, सुधीर ने कहा–

"दरवाज़ा खोलो।"

दुर्गा ने जाकर दरवाज़ा खोला। सुधीर ने भी देखा और खड़े हो गया–

"अरे मम्मी...आप, यह क्या सुबह-सुबह ?"

सुधीर ने आकर माँ जी के पैर छुए। यह सीमा की माँ थीं। उन्हें अभी पता नहीं था कि सीमा इस घर में नहीं थी। माँ ने सुधीर को प्यार किया और दुर्गा माँ जी का सूटकेस लेकर अन्दर जाने लगी।

"कैसी है दुर्गा... ?"

"अच्छी हूँ...मेम सा'ब, चाय लाऊँ मेम सा'ब, तैयार है।"

"हाँ...थक गई मैं तो इस लम्बे सफ़र से, प्लेन की बम्पिंग में इतना डर नहीं लगता जितना कि ट्रेन में। जब पुल क्रॉस कर रही हो खचाखच, खचाखच...सीमा कहाँ है...?"

एक पल को सुधीर घबरा गया। क्या कहे !

"है...अभी आती है। चाय तो पीजिए। चाय के साथ कुछ लेंगी आप.... ?"

"नहीं, नहीं...नहा धो के डट के नाश्ता करूँगी और सो जाऊँगी। सीमा से भी कह दूँगी, डिस्टर्ब न करे आज के दिन..."

"माँ जी, मैं थोड़ा डॉक्टर के पास होकर आता हूँ।"

"क्यों कोई अच्छी ख़बर है क्या।"

''नहीं,बस...''

''मुझे नानी नहीं बनने दोगे तुम लोग...?''

''वो क्या है मम्मी कि...हो जाएगा...अभी...''

''चार साल बहुत होते हैं, भई आख़िर कब तक ऐसे रहेंगे। I am dying to play with my grand children.''

दुर्गा चाय लेकर आई। सुधीर ने दुर्गा को देखकर कहा ताकि माँ कुछ और बात करें।

''सूटकेस अन्दर ले जाओ दुर्गा।''

दुर्गा सूटकेस लेकर बेडरूम में गई। फिर बाथरूम में गई और उसको ठीक-ठाक करके बाहर आई।

''बोलता क्यों नहीं सुधीर...कहाँ है सीमा...?''

''वह...आ...जाएगी।''

''सीमा है कहाँ...ऐसे क्यों बात कर रहा है...?''

कुछ सोचकर अपने आपको समझाते हुए सुधीर ने कह ही दिया सीमा के बारे में–

''वह यहाँ नहीं है मम्मी..अब इस घर में नहीं है।''

''मतलब...?''

''उसने दूसरी शादी कर ली है।''

यह सुनकर माँ के चेहरे का रंग बदल गया। आँखें आँसुओं से भर गईं। सुधीर ने कहा–

''मैं बुला देता हूँ...आप आराम कीजिए मैं अभी आता हूँ...डॉक्टर के पास से।''

सुधीर वहाँ से चला गया।

50

सुबह-सुबह सीमा अपने डॉक्टर गुप्ता के क्लीनिक में आई...डॉ. ने सीमा को देखकर कहा–

''आओ, आओ सीमा...इतनी सुबह-सुबह आज, बैठो न बैठो। तुमसे बात करनी है।''

सीमा डॉक्टर के सामने बैठ गई।

''तुमने भी बड़ी ज़्यादती की मेरे साथ...मैं गया था सुधीर को देखने, लेकिन न तुमने कहा और न उसने बताया कि तुम...उस घर में नहीं हो... रोज़-रोज़ यही कहता, कहीं बाहर गई है। वह तो...और मुझे बड़ी शर्मिन्दगी हुई जब पता चला।''

''आई एम सॉरी डॉ. साहब...मैं उस दिन बता नहीं सकी, और सच तो यह है कि ख़याल ही नहीं रहा जब...''

''इतनी बड़ी बात और...ख़याल ही नहीं रहा। इसका मतलब है कि तुम दोनों में बहुत बड़ा कोई मतभेद नहीं है। आदत वैसी की वैसी है, एक दूसरे की चिन्ता लगी रहती है !...और सुनो...वापस चली जाओ, चलो मैं तुम्हें ले चलता हूँ।...चलो...''

डॉक्टर अपनी कुर्सी से उठा। और क़रीब आ गया। सीमा ने काँपते लबों से बताया।

''डॉक्टर साहब...मैंने...शादी कर ली है।''

51

सुधीर कहीं बाहर से आ रहा था। बिल्डिंग के नीचे सीमा की माँ अपना सामान लिये टैक्सी से रेलवे स्टेशन जा रही थी। उन्हें देखकर सुधीर ने पूछा–

''मम्मी कहीं जा रही हैं...?''

''दिल्ली...वापस जा रही हूँ।''

''मम्मी...क्या हुआ...? ऐसे कैसे चली जाएँगी

आप..."

माँ की आँखों में आँसू आ गए।

"लेकिन मम्मी...यूँ, कैसे...सीमा से नहीं मिलेंगी...? उसे यहाँ बुला देता हूँ। उसके यहाँ ले चलता हूँ अगर..."

माँ जी टैक्सी में बैठ गईं।

"नहीं सुधीर...मुझे जाने दो।"

"लेकिन यह भी कोई तरीक़ा है जाने का...सुबह आईं और इस वक़्त...नाराज़ हैं मुझसे ?"

"नहीं !"

"सीमा से नाराज़ हैं... ?"

"नहीं...मैं किसी से नाराज़ नहीं।

"उसे मालूम होगा आप इस तरह आकर चली गईं तो..."

माँ ने गुस्से से सुधीर की तरफ़ देखते हुए कहा–

"तो क्या हो जाएगा ? इतनी बड़ी बात हो गई, तलाक़ भी ले लिया...शादी भी कर ली और...और तुम में से किसी को मेरी ज़रूरत नहीं महसूस हुई ? मैं काहे की माँ...और काहे की मेरी बेटी वह।"

माँ टैक्सी में बैठ गई और टैक्सीवाले को चलने को कहा–

"टैक्सी...चलो स्टेशन।"

सुधीर भी टैक्सी में बैठ गया।

"मैं भी चलता हूँ।"

टैक्सी चल पड़ी।

52

रेलवे स्टेशन पर...एक ट्रेन खड़ी थी। सुधीर प्लेटफ़ार्म पर खड़ा था। तभी सीमा भागती हुई स्टेशन पर पहुँची...सुधीर को देखकर उसे पुकारा–

''सुधीर...''

सुधीर ने बताया कि माँ अन्दर बैठी है। सीमा अन्दर पहुँचकर माँ के गले से लग गई और कहा–

''आई एम सॉरी मम्मी। I thought you knew. मुझे लिखना चाहिए था लेकिन...आई एम सॉरी मम्मी।''

सुधीर ने पानी का गिलास माँ को दिया।

''मुझसे ग़लती हो गई ममा जो मैं...मैंने लिखा नहीं।''

''नहीं बेटा...सुबह से यही सोच रही थी, तुम्हें बड़ा करने में कहाँ ग़लती की मैंने। तुम्हारी वजह से मैंने दोबारा शादी नहीं की...लेकिन...तुम्हारी वजह से ही करी होती तो...माँ अकेली बहुत कमज़ोर पड़ जाती है बेटा।''

''नहीं माँ...ऐसा मत कहो...I will explain everything to you.''

''मुझे लोग कहा करते थे दोबारा शादी कर लो...तो...और क्या कहूँ तुम्हें...शादी लिबास नहीं है बेटा, फट गया, मैला हो गया तो बदल लिया।''

इंजन ने सीटी दी चलने के लिए...सीमा उठी और माँ से कहा–

''मैं आऊँगी...दिल्ली आऊँगी मम्मी।''

माँ के गले लगी सीमा...ट्रेन चल दी...सीमा और सुधीर जाती हुई ट्रेन को देखते रहे।

53

सुबह का वक़्त, बम्बई शहर का समन्दर का किनारा, चारों तरफ पानी-पानी...सीमा सुबह-सुबह साहिल पर टहलते हुए चली जा रही थी।

कुछ दूर जाने के बाद...पत्थर के बड़े-बड़े टुकड़े पड़े थे। लहरें उनसे टकरा रही थीं। सीमा जब उन पत्थरों के क़रीब पहुँची, तो कुछ देखकर रुक गई। दो पैर पत्थरों के पीछे से नज़र आए। सीमा थोड़ा-सा और आगे बढ़ी...वह शॉल नज़र आई, जो सुधीर और सीमा को कभी ईनाम में मिली थी...सीमा थोड़ा और आगे बढ़ी, घबरा के पत्थरों के पीछे देखा, एक इंसान मरा पड़ा था, वह लाश जमाल साहब की थी। यह देखकर सीमा डर से चीख़ती हुई...समन्दर के किनारे भागती हुई, अपने घर पहुँची।

54

घर पहुँच कर, टेलीफ़ोन से सुधीर का नम्बर घुमाने लगी।

सुधीर फ़ोन उठाने के लिए आया। सुधीर बुरी तरह खाँस रहा था, फ़ोन उठाया। दूसरी तरफ़ से सीमा की बेचैन आवाज़ सुनाई दी।

"सुधीर...सुधीर...मैं सीमा बोल रही हूँ।"

"क्या हुआ...ऐसी घबराई हुई क्यों हो...? हाँ-हाँ...जमाल साहब...क्या हुआ उन्हें ? कहाँ...ओ गॉड...नो...मैं आता हूँ...अभी पहुँचता हूँ वहाँ।"

सीमा ने फ़ोन रख दिया।

54.A

सड़क पर एक एम्बुलेंस तेज़ी से भागती हुई गुज़र गई।

55

समन्दर का किनारा। सुधीर के स्टेज ग्रुप के लड़के खड़े थे। जमाल साहब की लाश उठाकर एम्बुलेंस में रखी गई। सुधीर भी एम्बुलेंस में बैठने लगा। तभी फ़ारूक़ ने सुधीर से कहा—

"आप मत आइए दादा...मैं साथ चला जाता हूँ।"

पोस्टमार्टम होगा, कुछ इन्क्वायरी होगी, शाम से पहले तो लाश मिलेगी नहीं।

एम्बुलेंस वहाँ से चली गई। सीमा दूर पत्थरों के पास खड़ी थी, ख़ामोश थी, घबराई हुई थी। सुधीर धीरे-धीरे चलता हुआ, सीमा के पास पहुँचा। सुधीर अभी तक खाँस रहा था। सीमा से पूछा—

"तुम्हें कैसे मालूम हुआ...? कैसे देखा जमाल साहब को...?"

"वहाँ बैठी थी...बोल्डर्ज़ पर, अचानक तुम्हारी उस शाल पर नज़र पड़ी, देखने गई तो...जमाल साहब...!"

"हाँ...जमाल साहब आया करते थे कभी-कभी। वह शाल मैंने ही दे दी थी उन्हें।"

एक ख़ामोशी थी दोनों के बीच में। फिर सीमा के नंगे पाँव देखकर सुधीर ने कहा—

"तुम...तुम्हारी चप्पल कहाँ है...?"

''वो भागते हुए...गिर पड़ी कहीं...!''

''बहुत डर गई हो तुम...''

''हाँ...इस तरह कभी कोई लाश नहीं देखी...मैंने।''

''चलो...चलो तुम्हें पहुँचा दूँ घर तक।''

सुधीर और सीमा चलते-चलते, सीमा के बँगले के पास पहुँच गए। सीमा ने सुधीर से पूछा—

''माँ ने कुछ कहा तुम्हें...?''

''You mean...मैंने कुछ कहा माँ से...? कुछ बताया उन्हें...?''

सुधीर सीमा को एकटक देखता रहा।

''नहीं, कुछ नहीं, तुम क्यों गई हो...? किसलिए गई हो...? कुछ भी नहीं कहा।''

सीमा ग़ौर से सुधीर की तरफ़ देखती रही।

''तुम जो चाहो कह सकती हो...जिससे उन्हें तसल्ली हो जाए।''

सीमा और सुधीर...बँगले के पिछले गेट पर पहुँच गए जो समन्दर की तरफ़ था। सुधीर ने पूछा—

''टी.के. कहाँ है...?''

''कोचीन गए हैं।''

''तुम नहीं गईं...?''

''ऐसे ही, जी नहीं चाहा।''

सुधीर ने एक लम्बी साँस ली।

''फिर वही बोरियत...इसलिए फिर...थिएटर में काम करने के लिए कह दिया फ़ारूक़ से ?''

''वह तो इसलिए कि...फ़ारूक़ कह रहा था ? तुम्हें शो कैंसिल करने पड़ रहे हैं।''

सुधीर ने आहिस्ता से उसके गेट का दरवाज़ा खोल दिया। जाने के लिए !!

56

जमाल साहब का घर ग़रीबों की बस्ती में था। जमाल साहब की लाश पड़ी थी। फ़ारूक़ और स्टेज से जुड़े हुए लड़के भी खड़े थे। सीमा फ़ारूक़ के क़रीब आकर खड़ी हो गई, इधर-उधर देखकर पूछा–

"तुम्हारे दादा नहीं आए... ?"

"आए थे, बुखार ज्यादा हो गया था। सारा दिन अस्पताल और पुलिस स्टेशन में भागते हुए गुज़ारा, बड़ी मिन्नत करके भेजा है।"

सीमा कुछ देर खड़ी रही। जमाल साहब के जनाज़े की तैयारी हो रही थी।

57

रात का वक़्त था। सीमा, सुधीर की बिल्डिंग के नीचे पहुँची। वह लिफ़्ट से ऊपर गई जिस फ़्लोर पर सुधीर रहता था।

सीमा लिफ़्ट खोलकर बाहर आई और सुधीर के दरवाज़े के सामने खड़ी हो गई। उसने अपने पर्स से वह चाबी निकाली जो सुधीर के घर की थी। आज तक उसके पास थी। सीमा दरवाज़ा खोलकर धीरे से घर के अन्दर पहुँची। अन्दर अँधेरा था। हॉल के अन्दर कुछ चीज़ें बिखरी पड़ी थीं। उनको ठीक से रखा सीमा ने।

अचानक बेडरूम से किसी औरत के हँसने की आवाज़ आई...औरत का हँसना सुनकर सीमा साकत रह गई। और बेडरूम की तरफ़

देखने लगी। उसे लगा जैसे कोई उस पे हँस रहा हो, उसके यहाँ आने पर।

सीमा घबरा गई। और वापस मुड़ी और तेज़ी से घर से बाहर निकल गई। दरवाज़ा ज़ोर से बन्द हुआ।

सुधीर टेपरिकॉर्डर पर किसी प्ले की रीडिंग सुन रहा था...और उसी में किसी औरत के हँसने की आवाज़ टेप थी।

दरवाज़ा ज़ोर से बन्द होने की आवाज़ सुनकर सुधीर उठा और हॉल में आया। इधर-उधर देखा। फिर दरवाज़ा खोलकर बाहर आया, देखा। लिफ़्ट नीचे जा रही थी। सुधीर ने नीचे झाँककर देखा, कुछ पता न चला। कौन था...वापस मुड़ा तो देखा...उसके घर की दूसरी चाबी, जो सीमा के पास रहती थी, दरवाज़े में लटकी थी। सुधीर चाबी को देखता रहा, फिर निकालकर अन्दर चला गया।

दरवाज़ा बन्द कर दिया। ख़ाली टेप रिकॉर्डर चल रहा था। सारा टेप दूसरी तरफ़ लिपट चुका था।

ख़त्म शुद

लिबास

सीमा : शबाना आज़मी
सुधीर : नसीरुद्दीन शाह
टी.के. : राज बब्बर
जमाल साहब : उत्पल दत्त
डॉ. गुप्ता : ए.के. हंगल
माँ (सीमा) : सुषमा सेठ
दुर्गा : सविता बजाज
फ़ारूक़ : पार्थ चक्रवर्ती
मुकुल दा : अनु कपूर
संगीत : आर.डी. बर्मन
कहानी : गुलज़ार
स्क्रीनप्ले, मकाले : गुलज़ार
गीतकार : गुलज़ार

●●●